FENJIN DE WU NIAN

TANG XIAN TUOPIN GONGJIAN JISHI

奋进的五年

唐县脱贫攻坚纪实

石振明　主编

河北大学出版社·保定

奋进的五年：唐县脱贫攻坚纪实

出 版 人：朱文富
责任编辑：郝　健
装帧设计：杨艳霞
责任校对：刘文娜
责任印制：常　凯

图书在版编目（CIP）数据

奋进的五年 ：唐县脱贫攻坚纪实 / 石振明主编 . -- 保定 ：河北大学出版社，2021.8
ISBN 978-7-5666-1894-8

Ⅰ . ①奋… Ⅱ . ①石… Ⅲ . ①纪实文学－中国－当代 Ⅳ . ① I25

中国版本图书馆 CIP 数据核字 (2021) 第 140763 号

出版发行：河北大学出版社
　　地址：河北省保定市七一东路 2666 号　邮编：071000
　　电话：0312-5073557　0312-5073029
　　邮箱：hbdxcbs818@163.com　网址：www.hbdxcbs.com
经　　销：全国新华书店
印　　刷：河北文曲印刷有限公司
幅面尺寸：170 mm × 240 mm
印　　张：13
字　　数：180 千字
版　　次：2021 年 8 月第 1 版
印　　次：2021 年 8 月第 1 次印刷
书　　号：ISBN 978-7-5666-1894-8
定　　价：52.00 元

前　言

唐县位于河北省保定市西部，地处太行山与华北平原的结合部，县域面积1417平方公里（山区面积占82%），下辖20个乡镇、345个行政村，总人口60.5万，是一个集山区、老区、库区为一体的国家扶贫开发工作重点县（属燕山—太行山集中连片特困区）。新一轮精准扶贫确定贫困村151个，全县贫困人口14392户33261人。

打好打赢脱贫攻坚战，是全面建成小康社会的头等大事。2015年以来，中共唐县县委、唐县政府按照党中央、河北省、保定市的决策部署，结合县域工作实际，团结带领60万唐县人民，凝聚各方帮扶力量，按照“以精准识别为前提，以增加收入为核心，以产业覆盖为根本，以责任落实为保障”的总体思路，聚焦“两不愁三保障”突出问题，全面做好“六个精准”，扎实开展产业、科技、教育、就业、旅游等扶贫工作。截至2018年底，未脱贫人口4812人，综合贫困发生率降为0.87%，远低于2%的脱贫出列国定标准，在河北省脱贫攻坚成效考核和贫困退出验收暨第三方评估中获得了“零错退、零漏评，群众满意度高”的评价。2019年5月5日，河北省人民政府宣布，唐县脱贫出列。从这一刻起，唐县彻底摆脱了绝对贫困，取得了脱贫攻坚的阶段性胜利，踏上了全面建成小康社会、打造保定西部区域中心城市的新征程。

脱贫攻坚是党中央确定的三大攻坚战之一，也是中国发展进程中值得浓墨重彩记录的一段历史。农村人口全部脱贫，解决整体性贫困问题，是全面建成小康社会的标志性指标，也是我们党向全世界做出的庄严承诺。作为亲历者的唐县，在完成脱贫出列的重要时刻，全面梳理脱贫攻坚工作的奋斗历程，系统总结取得的先进经验和成功做法，全景记录涌现的先进人物和先进事迹，提炼升华所蕴含的精神力量，是一件十分必要也十分有意义的事情。这不仅是对那段举全县之力、汇八方力量团结奋斗历史的全方位总结，也会对今后巩固提升脱贫成果、做好与乡村振兴的衔接起到借鉴和促进作用。与此同时，记录好、传承好在脱贫攻坚中所展现出来的实事求是、艰苦奋斗、团结协作、奋发有为的精神财富，也必将会更好地激励和鼓舞唐县干部群众的士气，为全面建成小康社会提供强有力的精神力量和作风保障。

目　录

第一章　精准脱贫　决战决胜

自2015年以来，中共唐县县委、唐县政府深入学习贯彻习近平总书记扶贫开发战略思想，认真贯彻落实党中央和省市委决策部署，坚持以脱贫攻坚总揽工作全局，聚焦责任落实、政策落实、工作落实，确定“以精准识别为前提，以增加收入为核心，以产业覆盖为根本，以责任落实为保障”的总体思路，汇聚整合全县资源和力量，强力推进扶贫脱贫。截至2019年底，累计实现13989户32297名贫困人口脱贫，151个贫困村全部出列。其中，2019年实现1754户3735名贫困人口脱贫，1个贫困村出列。2019年5月份，省政府公告唐县退出贫困县序列；7月份唐县代表河北省顺利通过国家检查评估，赢得了“零错评、零漏退、群众满意度高”的评价；11月份又接受了省脱贫攻坚实地考核和第三方评估验收。

打好精准脱贫攻坚战，对唐县而言具有重大而特殊的现实意义。一是充分体现了我们共产党向老区人民践行创造美好生活初心和承诺的历史担当。唐县是革命老区，抗日战争时期是晋察冀军区司令部和第三军分区司令部所在地，聂荣臻、杨成武、吕正操等老一辈革命家长期在这里战斗和生活。唐县当年2万人参军，1万人牺牲，为抗日战争胜利付出了巨大代价，做出了重大贡献。打好脱贫攻坚战，让老区人民过上美好生活，是我们共产党人义不容辞的责任，必须一以贯之，抓实抓好。二是充分体现了践行“绿水青山就是金山银山”的理念。唐县是移民库区，辖区西大洋水库是保定百万市民的水源地和首都北京的战略后备水源地，也是雄安新区白洋淀的重要水源补充地。这就要求唐县必须低强度开发、保证绿水青山，但打好脱贫攻坚战又要求我们必须高强度发展、保证金山银山。我们坚持正确处理生态与扶贫、生态与发展的关系，严守生态红线，坚持扶贫高线，做到在发展中保护、在保护中发展，以高质量发展促进脱贫攻坚。三是充分体现了我们共产党人自觉肩负起“向世界展示共产党为什么能、中国特色社会主义为什么好”的重大使命。唐县是贫困山区，素有“七山二水一分田”之称，82%的面积是山地和河流，平原面积较小，受土地等要素的制约，在农业社会发展时期是较为落后的。中国几千年封建社会都没能解决的贫困问题，世界上数百个西方发达资本主义国家都没能解决的贫困问题，在我们这一代共产党人手里实现了脱贫摘帽，充分向世界展示了共产党为什么能、中国特色社会主义为什么好，也展示了为全世界贫困国家和地区脱贫提供中国方案的历史使命。

一、坚持以党的领导为引领，解决好“组织推动”问题

习近平总书记指出，打赢脱贫攻坚战，组织领导是保证。为了完成脱贫攻坚重大使命，唐县坚持在干部配备上优先考虑，在要素配置上优先满足，在资金投入上优先保障，在公共服务上优先安排，做到一切服从服务于脱贫攻坚，一切优势资源向脱贫攻坚聚集。

（一）整合指挥体系

成立唐县贫困退出领导小组，县四大班子领导全部参加，对照退出指标，设立“1办21组”（脱贫办和政策指导组、产业发展组、安全住房保障组、医疗健康组、安全饮水保障组等），每个小组分别由县级领导牵头负总责，实行小组长负责制，缩减决策链条、执行链条，提升工作效率。2019年以来，县委、县政府、县扶贫开发和脱贫工作领导小组每月至少召开1次会议，研究安排脱贫攻坚工作。每月召开1次“擂台赛”，既交流经验，也红脸出汗，进一步压实主体

责任，确保各项工作有序推进。

（二）创新工作机制

大力推行“五个三”工作机制，即各单位一把手每周至少拿出3天时间抓扶贫，各乡镇安排3名以上专职人员抓扶贫，每个月第3个周的周三上午把扶贫工作情况作为成事档案评议内容，初评贫困人口确保有3种以上收入来源，将“三保障”不达标的贫困人口摆在突出重要的位置。

（三）强化包联责任

所有县级领导对包联乡镇扶贫脱贫工作负总责，协调解决工作中遇到的难题。实行县直部门包联乡镇制度，选取26个职能部门包联20个乡镇，成立“一把手任组长、班子成员任副组长”的工作组，带头分包深度贫困村、未脱贫村和贫困人口较多的村，帮助包联乡镇解决实际问题。县直部门及班子成员的年度考核与所包乡镇脱贫攻坚工作同考同责，扶贫工作情况作为干部评优评先、提拔重用的重要依据。

（四）狠抓问题整改

中央脱贫攻坚专项巡视举一反三问题18个、2018年国家考核举一反三问题18个、2019年国家脱贫攻坚督查举一反三问题3个，已全部完成整改。开展冲刺攻坚行动，对151个贫困村开展拉网式排查，对其中基础相对薄弱的50个重点村逐一进行解剖，对全部问题进行整改。

（五）实化督导考评

将扶贫脱贫工作纳入全县大督查工作范围，定期开展督查，发现问题，及时反馈，督导整改。成立8个督查组，深入乡村一线，突出“三保障”政策落实、各类问题整改等工作重点，对发现的问题当场督促指导，确保问题立行立改到位。

二、坚持以精准识别为前提，解决好“扶持谁”的问题

习近平总书记指出，精准识别贫困人口是精准施策的前提。唐县坚持以

“两不愁三保障”为根本标准，以群众公认、实事求是为根本原则，创新识别举措，做到了扶持对象精准。

（一）实施诚信承诺自律机制

由乡镇组织发动，引导农户对照家庭条件和贫困户标准，自愿填写贫困户申请书、贫困户财产查询授权书、自愿放弃贫困户识别认定书，对虚假申请、不如实提供财产信息的纳入个人诚信记录“黑名单”，本人及其亲属在参军、入党、报考公益岗等方面受到严格限制。

（二）实施精准分类管理

根据贫困户年龄结构、身体状况、致贫原因等因素，划分为无劳动能力、弱劳动能力、有劳动能力三类，对应实行“红、黄、蓝”管理。全县33261名贫困人口中，标为红户的有8885人，以兜底保障为主；标为黄户的有7098人，以“公益岗+兜底保障”为主；标为蓝户的有17278人，以产业就业帮扶为主。

（三）实施严密的识别认定程序

严格履行“入户核查、数据比对、民主评议、两公示一公告”程序，创造性地提出乡镇党委书记负责决策、村干部负责提供情况、工作队负责核实真伪，形成有引导的民主程序。全面组织开展建档立卡贫困人口动态调整，每月对群众收入支出情况进行登记，及时关注低收入人群生活状况，真正做到应纳尽纳、应纳快纳。2019年第二季度，新识别12户50人。扎实开展非建档立卡边缘户和非高标准脱贫户监测摸底，落实针对措施，提升脱贫质量。

（四）实施长效精准防贫

坚持反向测评，针对非建档立卡户中低保户、特困户、大慢病户、残疾人户等9类重点群体和不稳定脱贫户，突出因病、因学、因灾等致贫返贫关键因素，在接受农户自行申请救助的同时，建立县直部门反向动态监测机制。由县医保、教育、应急、交警等部门依据大数据平台分析，对自付医疗费用贫困户达到5000元和非建档立卡户达到20000元预警线的，对学费、住宿费达到8000元预警线的，对发生自然灾害或交通事故的，全部纳入监测范围，并移交乡镇定向跟踪。坚持正向核实，三级书记遍访贫困村、贫困户，帮扶责任人入户走访常态化，及时了解贫困户动态情况，并落实民主评议、公开公示程序，确保防贫对象精准。坚持救济化解，综合运用低保扩面、临时救助等政策叠加，为一次性支出过大的群众提供兜底支撑。同时通过引导就业、发展产业、资产分红等多种措施，确保这部分人群达到脱贫标准，从源头上防止返贫和新增贫困人口。坚持专业审核，建立260万元的精准防贫保险，覆盖全县10%的低收入人群，由保险公司入户实地调查。全县因病、因灾、因学监测对象共2311户，确定防贫救助对象20人，发放防贫保险金19.45万元。

三、坚持以增加收入为核心，解决好“怎么扶”的问题

习近平总书记强调，农村人口脱贫与农民收入增长直接相关。唐县坚持把增加贫困群众收入作为精准帮扶的重中之重来抓，不断拓宽农民增收渠道，完善农民收入增长支持政策体系，确保每名贫困群众都有稳定收入来源。

（一）坚持多渠道“输血”，着眼于兜得住

对超过56.4%的无劳力户、弱劳力户实现3种以上兜底保障。实施低保扩面，将审批权下放至乡镇。2019年以来，新增农村低保6440人、特困375人，农村低保13628户19629人、农村特困2229户2262人，农村低保、特困覆盖贫困人口13773人，全县保障率提升至4.31%。实施光伏扶贫，建成光伏电站138个，总装机容量56兆瓦，年提供收益1619万元，覆盖贫困群众5676户，年人均增收1240元。2019年实施2个联建村级集中电站，覆盖贫困村22个、贫困人口644户1391人，11月底已并网发电，年提供扶贫收益398.8万元。投入1.44亿元开展资产收益扶贫，覆盖3万余人，年增收1440万元，年人均增收480元。43个扶贫车间年获租金167万元，覆盖2184人，年人均增收760元。

（二）坚持强产业“造血”，立足于收益多

针对有劳力贫困户，把发展产业作为扶贫脱贫的根本途径，长短结合，多点支撑，实现每户贫困群众都有稳定收入来源。

1. 突出规模抓种养业。建成省市级园区6个、县级园区4个、乡级园区20个，建成红枣基地17.4万亩、核桃基地8.6万亩、小杂粮基地9.8万亩、苹果基地1万亩、中药材基地2200亩、食用菌基地1600亩、设施蔬菜基地4500亩，发展规模养猪场110个、规模育肥羊场1000多个，覆盖贫困群众5500余户1.5万余人，年人均增收1000余元。唐县已成为华北地区最大的肉羊养殖基地，年出栏肉羊700万只，占北京市场份额三分之一以上，同时被指定为北京冬奥会羊肉定点采购基地。

2. 突出特色抓旅游业。建成3A级景区5家，发展农家乐80家，年接待游客134万人次，旅游综合收益达到3.7亿元，带动295名贫困群众增收。

3. 突出品牌抓电商产业。高标准建成1家县级电商服务中心、345个村级电商服务站，覆盖全县60万群众，并配套建成1个2000平方米的县级物流中心、5个200—300平方米的乡镇分拨中心、309个村级物流集散站点，形成了“1＋345＋60”的电商服务体系和“1＋5＋309”的物流运输体系。同时，打造“唐尧山下”区域公用品牌，涵盖6大品类300多款产品，将大山里的特色农产品通过网络推向全国市场，辐射农民10000余人，年人均增收3000元。2016年，唐县被评为国家电子商务进农村综合示范县；在第三批国家电子商务进农村综合示范县项目验收中位居河北省第1名；2019年，网络零售额达到14.94亿元。唐县电商扶贫典型做法得到省委副书记赵一德、副省长时清霜等同志的肯定性批示，并在《扶贫开发》杂志、人民周刊网等媒体刊载。

4. 突出专业抓手工业。151个贫困村中累计建成家庭手工业村138个、加工点685个，其中加工点数量在全市9个贫困县中排位第1。共带动826名贫困群众实现“家门口”就业，年人均增收5000余元。

5. 突出效益抓金融。累计发放扶贫贷款4.7亿元，覆盖建档立卡贫困户7492户，其中2019年以来新发放扶贫贷款1.44亿元，覆盖建档立卡贫困户2372户。

6. 突出自立抓公益岗。开发护林员、环保员、保洁员等公益性岗位6245个，每个岗位年增收3600元以上。

7. 突出带贫抓生态。坚持贫困乡村生态治理与贫困群众增收相结合，2019年实施贫困村造林项目2.78万亩，占全县面积的65%；省级公益林项目覆盖贫困村28个，占总面积的57%；优先从贫困人口中选聘生态护林员，2019年新增226名，生态护林员总数达到436名，年人均增收5000元。

四、坚持以三重保障为底线，解决好“怎么防”的问题

习近平总书记指出，义务教育、基本医疗、住房安全有保障，是贫困人口脱贫的基本要求和核心指标，直接关系攻坚战质量。唐县在落实“两不愁三保障”的基础上，统筹考虑贫困群众与非贫困群众的满意度和获得感，坚持建档立卡贫困户和边缘人口同安排、同救助，创新防贫措施，做到脱贫、防贫同推进，既有效防贫，又弥合“断崖效应”。

（一）教育

教育是阻断贫困代际传播的重要途径。唐县广泛开展惠民政策大家访，提高政策知晓率。建立全学段贫困学生资助体系，实行“一村一档”“一校一档”“一生一师”“两课两信两回执”“信息五方比对”等做法，全面落实“两免一补”“三免一助”等政策，2019年落实资助金额2564.99万元，资助学生36367人次，累计资助13万余人次。打破平均分配主义，提高公立学校资助比例，降低私立学校资助比例，将有限的资源用到最需要帮扶的贫困学生身上。全面抓好控辍保学，建立“七长”责任制，针对义务教育阶段辍学学生开展全面排查，对残疾儿童落实送教上门190人，在特教学校就读49人，确保了贫困家庭适龄儿童少年不失学、不辍学。

（二）患病

患病是最普遍的致贫原因。因病因残致贫分别占建卡户的40%、剩余贫困人口的82%、防贫救助对象的90%。对于建档立卡贫困人口，减少医疗费用支出，严格落实“三重保障”和先诊疗后付费制度，近两年住院目录内报销比例连续达到92%。全面落实家庭医生签约服务，建档立卡贫困人口、特困家庭、

低保户、计生特殊家庭实现全覆盖。此外，县财政出资500万元，为20万非建档立卡人口购买商业补充保险，在基本医疗结算后，自付金额按标准给予赔付，累计赔付13453人469万元，减轻群众负担12个百分点。扩大慢性病鉴定覆盖，慢性病鉴定由一年一次缩短至一月一次，且对行动不便的实行上门服务，累计鉴定31604人，其中贫困人口12023人、非建档立卡人口19581人，2019年新鉴定13002人，其中贫困人口7255人、非建档立卡人口5747人。节约就医连带支出，采取“医共体”模式，县公立医院在乡镇卫生院设立慢性病“小药房”，减少非建卡群众往返县城支出。县人民医院改革实行滚动报销，群众住院费用每天滚动报销三次，报销出的金额自动返还到住院押金中，减少群众一次性支出压力。组建移动医疗服务队，巡回义诊260个村，免费体检4.29万人次。开展大病专项救治，累计救治25种大病患者1134人。加大残疾人帮扶力度，全面落实扶持政策，为3538人新办理残疾证，其中贫困人口1077人，持证残疾人总数达到13615人，其中贫困人口4137人。2019年，唐县被省卫健委评定为“河北省慢性病综合防控示范区”。

（三）住房

住房是群众一次性支出最大的，也是改造周期最长的。唐县累计投资5594万元，实施四类重点人员危房改造2777户，2019年实施危房改造59户，其中建档立卡贫困户40户、非建档立卡户19户；对达不到危房改造标准但仍需修缮的，由县财政出资2000万元，深山区乡镇按总户数的2%、浅山区按总户数的1.5%、平原乡镇按总户数的1%，自主按比例确定面貌提升户数，共改善提升边缘人口老旧房屋3492户，其中2019年实施改造610户。同时，抓好易地扶贫搬迁，高标准建成县城和川里镇两个集中安置小区，列入搬迁计划的311户、874人已全部完成搬迁安置，并逐人逐户落实后续帮扶措施。

（四）农村基础设施建设

唐县着力加强农村基础设施建设，累计投资超过10亿元，修建通村公路137.58公里，硬化村内道路64.08万平方米，安装路灯11541盏，解决了26.6万人的饮水安全问题，改善薄弱学校基本办学条件10.15万平方米，完成345个行政村电网改造提升工程，151个贫困村全部实现标准化卫生室，同时建成9个乡镇卫生院国医堂。唐县农村县域水质检测、水管保温、饮用水窖清理、集中供水“四个全覆盖”做法在《中国水利报》刊载。

五、坚持以志智双扶为根本，解决好“等靠要”的问题

习近平总书记指出，扶贫要同扶智、扶志结合起来。唐县坚持以国扶办、中组部等13个部门联合发布的《关于开展扶贫扶志行动的意见》为指导，把诚信体系建设贯穿脱贫攻坚全过程，充分发挥群众主体作用，切实解决好部分群众脱贫动力不足的问题。

（一）扶智，提高自主脱贫能力

强化就业创业技能培训，累计培训15540人，其中贫困劳动力7424人，12057名贫困人口实现稳定就业。2019年培训11397人，其中贫困人口3187人。认真落实科技扶贫要求，建立科技服务团队1支、乡镇技术服务站22个，深入贫困乡村开展科技培训。建成省级农业科技园区1个、市级农业科技园区2个、星创天地3家、省市级产业科技示范园区7个、科技小巨人企业3个。

（二）扶志，增强自主脱贫意识

坚持正向激励，把励志脱贫作为“十星级文明户”必评之星，对2200多户“十星户”，落实子女大学每年1000元补助、家庭成员免费体检、免费旅游、优先纳入商业医疗补充保险救助范围等奖励措施。一些乡镇开展“文明积分”行动，以积分换取日常用品，将扶志教育融入日常扶贫全过程。开展“小手拉大手”活动，充分发挥学生群体作用，传播社会主义核心价值观，切实增强家长励志脱贫意识。坚持逆向激励，对不孝之子、“懒汉”等反面典型，纳入诚信记录“黑名单”。唐县综合施策，全面激发贫困群众内生动力的做法，在《扶贫开发》杂志、光明网、《河北日报》等媒体刊发。

六、坚持以东西部协作为助力，解决好“攻坚合力”问题

习近平总书记指出，东西部扶贫协作和对口支援，是推动区域协调发展、协同发展、共同发展的大战略，是加强区域合作、优化产业布局、拓展对内对外开放新空间的大布局，是实现先富帮后富、最终实现共同富裕目标的大举措。唐县严格按照《全面深化京冀对口帮扶合作框架协议》，在第三批保定市挂职干部团队总领队孙其军同志的亲自组织推动和北京市朝阳区在唐挂职干部刘芳同志的具体落实下，与朝阳区通力合作，加强工作交流，健全工作机制，扶贫协作工作取得明显成效。

（一）强化组织领导

精心组织编制了《唐县对接北京朝阳区扶贫协作脱贫攻坚三年行动计划》，建立了“1＋3＋24＋7＋N”朝阳区唐县扶贫协作工作体系，制定8项扶贫协作工作推进机制，建立人才管理制度9项、项目管理8项，成立了朝阳区帮扶唐县党小组、扶贫协作办公室，为扶贫协作扎实开展提供了制度和组织保障。双方累计开展扶贫协作对接100多次，其中2019年唐县副县级以上领导赴北京对接30人次，双方高层领导对接2次，县委常委会、县政府常务会等研究扶贫协作16次，强力推动了工作开展。

（二）强化人才交流

唐县选派4名党政干部、朝阳区选派3名党政干部，分别进行挂职学习和挂职帮扶。唐县选派80名专业技术人才到朝阳区交流学习，朝阳区选派33名人才到唐县开展对口帮扶。加强干部和技术人才培训，培训党政干部531人，培训专业技术人才337人次。

（三）强化资金帮扶

累计使用京冀帮扶资金2.05亿元，实施各类帮扶项目69个，其中2019年北京向唐县拨付财政援助资金4802万元，实施扶贫项目25个。

（四）强化产业合作

开展企业对接，引进8家北京企业来唐县开展扶贫协作，落地项目8个，完成投资额8.1亿元，可惠及6554名贫困群众。开展消费扶贫，2019年召开工作推进会3次，赴北京推介6次。北京新发地唐县特色馆建成并正式营业；成功组织天农果品、唐龙纺织等8家企业、31个品类产品入驻北京消费扶贫产业双创中心，销售额突破10万元。

（五）强化劳务协作

联合朝阳区举办劳务协作培训班10期、联合招聘会4场，通过劳务协作带动省内就近就业3736人，省外就业313人，其中到北京就业285人。

（六）强化携手奔小康

朝阳区9个街道、29家企业、16所学校、23家医院分别结对帮扶唐县9个贫困乡镇、25个贫困村、14所学校、23家医院。培训贫困村创业致富带头人135人次，成功创业17人，带动贫困人口脱贫570人。朝阳区各界共向唐县捐助物资合计资金2000余万元，特别是北京乐成集团拟援建的3550平方米养老院项目，可惠及154位失能、半失能贫困老人。另外，扎实开展“百企帮百村”活动，累计组织248家企业，出资2000多万元，通过产业就业、技能培训、改善基础设施等方式，帮助151个贫困村加快脱贫出列步伐。唐县“百企帮百村”工作得到省市充分肯定，河北汉唐牧业等6家企业荣获保定市“‘百企帮百村’精准扶贫行动先进民营企业”称号。

七、坚持以干部队伍为支撑，解决“谁来扶”的问题

习近平总书记指出，脱贫攻坚战考验着我们的精神状态、干事能力、工作作风，既要运筹帷幄，也要冲锋陷阵。唐县强力推进政治体制改革，坚持严管厚爱，为脱贫攻坚提供了强大的人力、财力保障，为扶贫干部干事创业创优环境。

（一）强化驻村帮扶

选派151个工作队驻村开展帮扶工作，为贫困乡村办了一大批实事好事，涌

现出一批带病带伤坚守驻村一线的先进典型，展现了新时代扶贫干部的良好形象。安排各级帮扶干部4656人，贫困户结对帮扶实现全覆盖。

（二）完善奖惩机制

建立干部“成事档案”“诚信档案”以及《关心关爱脱贫攻坚基层一线干部激励干部担当作为的意见》等14项制度，树牢“以成事档案为主要依据，以诚信档案一票否决”的用人导向，在扶贫、稳定、项目等工作一线选拔干部，共提拔176名干部，党内关爱166名经济困难干部，一次性对56名干部容错免责。同时把乡村基层工作经历作为城镇教师、公立医院医生评定职称的硬杠杠，4名农村（社区）党支部书记进入乡镇领导岗位或进入公务员队伍，“七一”表彰优秀驻村干部67名，为456名驻村帮扶干部购买了意外保险，保障基层有人干事。实行《党员干部家庭文明报告表》制度，凡党员干部及其直系亲属、三代以内旁系亲属，在信访稳定、土地征占、环境污染、扶贫攻坚、涉法涉诉等10项工作中有不良行为的，党员干部纳入C类管理，其直系亲属、三代以内旁系亲属在入党、参军、报考公益性岗位、申请贷款等方面受到严格限制，以强化其自律意识。

（三）提高经费投入

强化资金保障，2019年整合涉农资金1.5亿元，强力保障支持脱贫攻坚工作。其中，县级投入专项资金1001万元，比2018年增长11.2%。强化基层经费保障，探索建立乡镇一级财政，将乡镇工作经费提高到60万/年，行政村工作经费提高到9.5万/年，将103个县级工作队工作经费由5万元提高到8万元，保障基层有钱干事。

（四）推进简政放权

依法将低保审批、临时救助、执法权等343项县直部门权力下放到乡镇，着力提高乡镇综合服务能力，保障基层有权管事。

第二章　党政主导　激发动力

坚持和加强党的领导，激发广大人民群众的内生动力，是打赢脱贫攻坚战的关键。五年来，中共唐县县委、唐县政府坚持一手抓党的领导，一手抓发动群众，在全县汇聚了打赢脱贫攻坚战的强大力量。

2018年2月24日，召开脱贫摘帽誓师大会暨脱贫工作部署会议

牢记使命
——脱贫攻坚揽全局

中共唐县县委、唐县政府牢记“四个意识”，践行“两个维护”，认真贯彻执行党中央、省市决策部署，始终坚持以脱贫攻坚总揽工作全局，紧密联系实际，聚焦突出问题，科学决策，统领四方，凝聚力量，团结带领唐县人民打赢脱贫攻坚战。

一是强化指挥体系。成立唐县贫困退出领导小组，县委书记、县长任组长，县四大班子领导全部参加，对照退出指标，设立“1办21组”（脱贫办和政策指导组、产业发展组、安全住房保障组、医疗健康组、融资基础设施项目组等），每个小组分别由县级领导牵头负总责，实行小组长负责制，缩减决策链条、执行链条，提升工作效率。

二是创新工作机制。创新“五个三”工作机制，即各单位一把手每周至少拿出3天时间抓扶贫，各乡镇安排3名以上专职人员抓扶贫，每个月第3个周的周三上午把扶贫工作情况作为成事档案评议内容，初评贫困人口确保有3种以上收入来源，将“三保障”不达标的贫困人口摆在突出重要的位置。

三是强化领导包联。所有县级领导对包联乡镇扶贫脱贫工作负总责，协调解决工作中遇到的难题。

四是实行部门包联。选取26个县直职能部门包联20个乡镇，成立“一把手任组长、班子成员任副组长”的工作组，带头分包深度贫困村、未脱贫村和贫困人口较多的村，班子成员保证每周入村时间不少于3天，帮助包联乡镇解决实际问题。县直部门及班子成员的年度考核与所包乡镇脱贫攻坚工作同考同责，扶贫工作情况作为干部评优评先、提拔重用的重要依据。

五是强化研究部署。县委、县政府、县扶贫开发和脱贫工作领导小组每月至少召开1次会议，安排部署、协调解决、督导检查脱贫攻坚工作。

六是强化责任落实。坚持每月开展1次脱贫攻坚“擂台赛”，各乡镇、县直部门主要负责人中好的讲经验、差的做检讨，交流学习，压实责任，确保各项工作有序推进。

七是强化用人导向。强化政治激励，优先提拔重用乡镇扶贫一线干部，县直单位没有驻村工作经历的一律不予提拔，2017年以来提拔重用扶贫干部145名，4名农村（社区）党支部书记进入乡镇领导岗位或进入公务员队伍，一次性容错免责56名干部。同时，把乡村基层工作经历作为城镇教师、公立医院医生评定职称的必要条件，引导激励广大干部积极投身脱贫攻坚事业。

八是落实关心关爱。出台《关心关爱脱贫攻坚基层一线干部激励干部担当作为的意见》，政治上关怀，工作上支持，生活上关爱。2018年以来党内共关爱166名经济困难干部。在县财力非常紧张的情况下，保障所有县派工作队每年8万元经费，为456名驻村干部全部办理意外保险，每月为驻村干部发放乡镇补贴200元。建立协调机制，成立暖心工程协调组，定期发布时令、就医、党内关爱等相关信息，全力支持保障驻村干部顺利开展帮扶工作。向驻村干部发放电蚊香、防虫剂、藿香正气水等防暑用品，最大限度为驻村干部提供好的生活工作环境。县委组织部协调为全体驻村干部免费健康体检，为驻村干部办理“就医绿色通道卡”，在挂号、就诊、住院治疗等环节给予优先服务。

驻村结对
——五千干部赴一线

政治路线确定以后，干部就是决定因素。县委、县政府在扶贫脱贫工作中，始终在干部驻村帮扶和结对帮扶上狠下功夫，紧紧围绕“群众认可度”和“村级组织健全及发挥作用明显”两项指标，区分不同对象，着力发挥“干部决定因素”作用，健全制度机制，全方位激发驻村干部和帮扶责任人的干事激情，扎实推进精准脱贫帮扶工作开展，取得了显著成效，为脱贫攻坚做出了积极贡献。全县151个贫困村，每村均安排驻村工作队，共安排帮扶责任人4656人，做到了贫困户结对帮扶全覆盖。

健全规章制度，选优配强干部。县委、县政府将打赢脱贫攻坚战作为头等大事来抓，一切工作围绕脱贫攻坚开展，先后制定出台了《唐县扶贫脱贫驻村干部管理办法》《唐县贫困户帮扶责任人管理办法》等规范性制度文件，制发驻村工作队“十做到十不准”展板。开展扶贫帮扶工作以来，设立唐县驻村工作领导小组，县委书记杜庆勇同志任组长，在组织部下设办公室，统一调度管理驻村结对帮扶工作，明确职责任务，建立督导、调度等工作制度，建立驻村干部管理微信、短信平台，方便上级文件精神及时下达和基层动态情况快速上报，有力地推动了工作开展。选优配强干部，县级选派的103个工作队的第一书记均为科级干部或后备干部。组建驻村帮扶工作临时党委和临时支部，分层开展组织活动，共商帮扶工作。针对存在问题逐一进行把脉，明确改进方向和措施。

全覆盖、多层次培训，增强业务技能。采取多种形式进行有针对性的培训，包括业务部门专题讲座、优秀驻村第一书记经验交流、河北大学和河北师范大学第三方专家教授讲课、省市扶贫业务主管政策解读、兄弟县市一线扶贫业务骨干到唐介绍经验等。分批次对所有驻村干部进行集中轮训。组织乡镇党政领导班子、扶贫专干、贫困村支书、相关部门主管，先后8次到阜平、曲阳、易县参观培训、学习经验做法。累计培训各级扶贫干部、驻村干部36期8000余人次，进一步提升了驻村干部脱贫攻坚的政策水平和实践能力。

省委党史研究室帮扶责任人入户宣讲政策

落实党内关爱，完善激励机制。强化政治激励，提拔重用乡镇扶贫一线干部，县直单位没有驻村工作经历的一律不予提拔。2017年以来提拔重用扶贫干部145人，其中驻村干部36人。实行关心关爱机制，出台《关心关爱脱贫攻坚基层一线干部激励干部担当作为的意见》，2018年以来共关爱因病或生活困难的驻村干部25名，发放关爱资金，比如给在工作岗位上突发脑溢血的魏爱民发放关爱资金1万元。在县财力非常紧张的情况下，保障所有县派工作队每年8万元经费，为所有驻村干部办理意外保险，每月为驻村干部发放乡镇补贴200元。建立协调机制，成立暖心工程协调组，定期发布时令、就医、党内关爱等相关信息，全力支持保障驻村干部顺利开展帮扶工作。县委组织部协调为全体驻村干部免费健康体检，为驻村干部办理“就医绿色通道卡”，在挂号、就诊、住院治疗等环节给予优先服务。

坚持常态督导，强化问责力度。组织部成立10个督导组，由部务会成员带队，采取明察暗访、新闻督访、调研督导等方式督查帮扶成效。将精准脱贫驻村工作纳入全县重点工作大督查内容，成立专门督查组，既督任务、督进度、督成效，又查认识、查责任、查作风。专项治理和督导考核相结合，对工作进展缓慢、效果较差的，视情况予以通报；对工作组织不力、弄虚作假的，严肃追究相关责任人的责任。同时，将精准脱贫帮扶工作情况按80%的比重纳入县派出单位年度考核，帮扶任务完不成、问题严重的，年度考核降低一个等次。驻村工作开展以来，共召回驻村干部12人，免职1人。

为切实抓好驻村帮扶和结对帮扶工作，唐县积极探索实践，创新工作机制，充分发挥驻村干部生力军作用，结合实际建立了一些新制度，涌现了一批优秀驻村干部和许多可歌可泣的典型事迹。

建立每月述评“成事档案”制度。围绕“干什么、怎么干、谁来干、什么时间干成”，为驻村工作队建立“成事档案”，每月召开由村“两委”干部、党代表、村民代表、贫困户代表参加的成事档案述评会议，公示、签字后报组织部。每月收集、考评成事档案，根据成事档案对单位和个人进行综合评价，将成事档案作为驻村干部考核、评优评先的重要依据，进一步激发驻村干部焕发工作激情、提升能力、创优争先。根据成事档案评议情况，2019年推荐省、市、县表彰先进工作队38个、优秀第一书记46名、优秀驻村工作队员56名。驻村干部中被评为“中国好人”1人，“河北好人”2人，“三八红旗手”2人，保定市优秀退役军人2人。

创新实行县直部门包联乡镇制度。举全县之力促脱贫攻坚，安排住建、教育、卫健、水利等26个县直相关职能部门分包20个乡镇，实行包村责任制，脱贫攻坚工作同考同责，发挥县直部门优势，全力指导协助所包乡镇做好脱贫攻坚工作。其他单位工作队驻村帮扶和帮扶责任人结对帮扶情况，以80%比重纳入派出单位年度考核。

开展脱贫攻坚党旗红活动。在全县党组织中持续开展“一联二促三提升”，助推脱贫攻坚。“一联”是在机关、企事业单位、社会组织、农村党组织之间开展结队联建；“二促”是促进脱贫攻坚和产业发展；“三提升”是提升基层党建水平、为民服务水平和产业带动能力。“党群单位联弱村，企业单位联穷村，政法单位联乱村，职能单位联产业村”。近三年驻村干部共引进派出单位项目资金2289万元，引进社会帮扶项目资金1610.1万元，推荐就业946人，技能培训

8272人，助推脱贫攻坚成效显著。

宣传典型事迹，营造干事氛围。为充分调动驻村干部积极性，在县电视台开辟《扶贫一线》专栏，一共进行了15期报道。为了给广大扶贫干部提供一个互相交流学习的平台，展示驻村帮扶的典型做法，宣传扶贫政策，组织部创办《唐县驻村帮扶工作集萃》，已经印发5期，深受广大扶贫干部喜爱。扶贫工作中的典型做法和感人事迹被省市多家媒体报道：《创新“五项机制”　激发驻村帮扶活力》《提升基层组织力　打赢脱贫攻坚战》《“五个四”工作法　做群众的贴心人》《扶贫路上心相映　一枝一叶总关情》等署名文章在《河北扶贫工作通讯》上刊发；《新时代要有新气象更要有新作为》在《河北日报》刊发；《编织五化工作网　打赢脱贫攻坚战》在河北电视台播出；《让贫瘠的土壤开出幸福的花朵——关于唐县驻村工作队开展驻村帮扶工作的调研与思考》在省《决策研究》上刊发，并受主要负责领导肯定批示并作全省推广。另有30余篇文章在省、市各级报刊发表。通过积极推荐、培树优秀典型，营造了干事创业的良好氛围。

驻村工作开展期间，涌现出一大批优秀驻村干部。县公安局驻石门乡虎峪村第一书记魏爱民同志，扎根基层，热心帮扶困难群众，得到了群众的拥护和认可，2018年10月份在工作岗位突发脑溢血，他的感人事迹引起了强烈反响，被评为“中国好人”。县人社局驻大洋乡蔡庄村第一书记杨金榜，做了心脏支架手术三天后就又返回工作岗位。县民政局驻军城镇宋家峪村第一书记王英起，走访时摔倒导致肋骨、手骨骨折，但仍坚守岗位工作。河北省金融租赁有限公司驻齐家佐乡杨家庵村第一书记曹津生创作《扶贫队员之歌》，歌颂了奋战在脱贫一线的驻村工作队员，被省委组织部宣传推广。县委政法委驻白合镇王合庄村第一书记张兴涛，帮助回乡电商创业，协调占地、供水、修路等纠纷，网上销售核桃、中华寿桃、柿子近10万公斤。

志智双扶

——激发动力脱贫忙

贫困群众既是脱贫攻坚的对象，更是脱贫致富的主体。贫困群众脱贫动力不足，是制约打赢脱贫攻坚战的关键因素。近年来，唐县精准把脉，综合研判，主动聚焦脱贫动力不足的症结所在。“弱”，唐县贫困人口文化程度较低，文盲或半文盲占比8.7%，小学文化占比46%，初中文化占比31.4%，群众自主脱贫能力较弱，缺乏相应的技术和能力。“怕”，有的搞经营怕风险，有的怕贷款还不了贷，有的怕入股土地回不来。“难”，贫困村大多地处偏僻山区，基础设施落后，仅靠贫困群众自身难以战胜和克服困难。“忧”，有的忧婚丧嫁娶讲面子、讲排场负担重；有的忧住房老旧、不够危房改造标准无力改善；有的忧看病难、看病贵；等等。“懒”，有的安于现状、不思进取；有的本身有一定劳动能力，却不愿通过劳动脱贫，只想着争当贫困户、低保户，坐享政策扶持；有的故意不尽赡养义务，把老人分户作贫困户。为此，唐县对症下药，辨证施治，围绕“强身、壮胆、解难、排忧、治懒”，坚持把扶贫与扶志、扶智相结合，有效汇聚强大力量，充分激发脱贫动力，呈现出干事创业、争先脱贫的生动局面。

一、教育＋培训——“强身”

教育，即推进九年义务教育全覆盖。建立全学段贫困学生资助体系，打破平均主义，提高公立学校资助学生比例，降低私立学校资助学生比例，将有限的资源用到最需要帮扶的贫困学生身上。截至2018年，累计资助学生10万余名，资助金额7514万元，其中享受“三免一助”“两免一补”政策8.23万名，确保了不让一个孩子因贫困而失学，不让一个家庭因学费负担而返贫。

培训，即推进“菜单式”培训全覆盖。坚持群众需要什么就培训什么，确保每个有培训意愿的贫困群众都能掌握一项就业本领和技能。2018年，培训农村劳动力达5000多人次，实现企业就业700多人，居家就业近3000人，六七十岁的老年人也能一展身手、自立谋身。在信达贸易有限公司婴幼儿被服车间和加工点，老太太们通过手工填棉絮、缝被服，一年也能挣1万多元。

二、扶持＋保障——“壮胆”

扶持，即出台政策给支撑。先后出台《唐县精准扶贫产业项目扶持政策》《唐县家庭手工业扶持项目实施细则》《唐县电子商务发展奖励扶持办法》《唐县光伏扶贫电站收益分配管理办法》等系列政策，给贫困群众发展产业提供极大支持。2018年，通过发展家庭手工业、光伏扶贫和电商扶贫等，累计带动17783人次实现稳定就业。

保障，即金融贷款给支撑。大力推行“政银企户保”扶贫模式，2018年发放扶贫贷款1.89亿元，覆盖建档立卡贫困户3001户，发放扶贫贷款金额在我市9个贫困县中排名第一。大力开展扶贫小额信贷业务，围绕贫困户致富项目做文章，依托成型的产业基础、成熟的生产技术，积极推广5万元以下、3年以内、免抵押免担保、基准利率放贷、财政贴息的扶贫小额信贷。有1858户贫困群众解决了产业发展资金和市场风险问题，群众脱贫的步伐更加坚定有力。

三、整治＋就业——“解难”

整治，即搬掉基础设施建设的“拦路石”。坚持把解决群众一家一户解决不了的基础设施建设问题摆在优先位置，累计投资8.53亿元，大力开展道路硬化、街道亮化、安全饮水、标准化卫生室建造、文化设施建设、农村面貌改造提升集中行动，贫困乡村基础设施已全部达到脱贫退出条件，有力破解了行路难、用水难等问题，群众脱贫的硬环境得到了有力改善。

就业，即最大限度地拓宽贫困群众就业途径。2018年，在开发生态护林员、环保网格员、卫生保洁员等公益性岗位2000多个的基础上，借助北京市朝阳区对接帮扶机遇，联合提供和发布工作岗位信息8000多个，并积极组织“春风行动”劳务对接大型招聘会。到2018年，已实现15616名贫困人口实现稳定就业，贫困劳动力就业率较2017年提高约30%，其中194名贫困群众与北京用人单位达成就业意向，一扇扇就业致富的大门纷纷向群众敞开。

四、易俗+减负——“排忧”

易俗，即破除歪风陋俗。严格党员干部自我约束，建立运用“一表两档案”制度（《党员干部家庭文明报告表》和“成事档案”“诚信档案”），检查党员干部及其亲属是否在扶贫等10项工作中存在有损公序良俗的行为，并将其作为党员干部奖惩的重要依据，进一步强化自我约束，充分发挥党员干部本人及其亲属的示范带头作用。教育引导群众自律，修订完善345个村的村规民约，健全红白理事会340个、道德评议会328个，建立文明新风文艺宣传队420个，大力规劝制止陈规陋习，倡导文明生活方式。农村喜事新办、丧事简办蔚然成风，仅2018年就减轻农民负担达500多万元。

减负，即创新制定保障政策。在我省率先创造性地制定医保补充政策，由县财政出资500万元为20万非建档立卡人口投保中国人寿医疗费用补偿保险，在基本医疗结算后给予赔付，减轻群众医疗负担10.6个百分点。唐县公立医院在20个乡镇卫生院针对慢性病患者设立“小药房”，为建卡和非建卡群众提供充足的医疗基本目录内药品。开展大慢病救治行动，在建卡户每月鉴定一次、非建卡户每年鉴定一次的基础上，增加集中鉴定次数，到2018年，已分别累计鉴定7142人、12999人，做到了每人一证、及时报销。组建5支健康扶贫移动体检服务队，深入扶贫一线，开展巡回义诊，累计义诊2.63万人次，免费送药4985人次。同时，唐县财政出资近2000万元，对达不到危房改造标准但仍需修缮的房屋进行修缮，已改善提升2644户住房条件。

通过以上举措，不仅打破了歪风陋俗对群众的羁绊，更有效减轻了群众因病、因房致贫的经济负担，群众脱贫的步伐走得更加轻松欢畅。

五、激励＋惩戒——“治懒”

激励，即树立正面典型示范带动。扎实开展星级文明户评选活动，发挥正向激励作用，带动群众在内心深处产生从“要我干”到“我要干”的动力。近年来，共评选星级文明户1000多户，其中十星级文明户1900多户、五星—九星级文明户8000多户。对评选出的“十星级文明户”进行大张旗鼓的表彰奖励，50名“十星级文明户”家庭子女在就读一本及以上院校期间每年补助1000元，4000多名家庭成员享受免费体检政策，唐县域内享受景点免费旅游等奖励措施。树立“脱贫之星”典型模范30名，通过县电视台、“唐县好声音”微信公众号等渠道广泛宣传，用身边人、身边事教育引导贫困群众，让信心不足者有信心，让懒惰者树志气。

惩戒，即狠抓反面典型严惩警示。针对脱贫攻坚中存在的“等靠要”思想严重、不履行赡养老人义务、索要高额彩礼等突出问题进行联合惩戒，特别是针对虐待、遗弃老人的不孝之子，由唐县委政法委、法院、检察院联合发布敦促履行赡养义务的公告，在规定期限内依然不履行义务的，由司法机关依法进行严惩。对“懒汉”以及弄虚作假、干扰扶贫的，本人及其亲属、三代以内旁系亲属全部纳入诚信档案记录“黑名单”，失信信息在部门之间共享，予以联合惩戒。共惩戒58名失信人员。

通过激励、惩戒措施的运用，勤劳致富、主动脱贫、文明诚信的意识深入人心。

第三章　齐心协力　众志成城

安居工程
——保障贫困群众住得好

唐县将保障民生与脱贫攻坚工作相结合，统筹规划、整合资源、加大力度，全面推进农村危房改造工作，着力解决农村困难群众住房安全问题，改善农户基本生活条件，“大庇天下寒士俱欢颜”，进一步提升农户幸福感、获得感。

一、农村危房改造的主要背景

帮助住房最危险、经济最贫困的农户解决最基本的安全住房问题是农村危房改造始终坚持的基本原则。从2009年开始，唐县已开展了农村危房改造工作，农村群众的住房安全问题得到了初步改善。然而，唐县仍有相当数量的农户住房困难，无力依靠自身力量改善住房条件。根据各乡（镇）排查汇总，2014年以来，唐县共有6269户C级和D级危房，其中包括符合危房改造条件的2777户，不符合危房改造条件的3492户。因此，唐县仍需紧紧依靠广大群众，通过政府适当补助、政策扶持等措施，继续加大力度切实做好农村危房改造工作。对于不符合危房改造条件的危险房屋，采取农村老旧房屋面貌提升的措施进行解决改善。

二、主要工作措施

（一）高度重视，精心部署

为加强对全县农村危房改造工作的组织领导，县政府成立农村危房改造工作领导小组，由县政府副县长任组长，住建局、扶贫办、民政局、财政局的主要负责同志任副组长，发改、国土、农业、林业、宣传、审计等部门同志为成员。领导小组下设办公室，办公室主任由住建局局长兼任。危房改造工作领导小组负责全县农村危房改造工作的组织、协调、实施、监督和验收。

（二）制定方案，细化措施，兜底政策

1. 为有效推进农村危房改造工作，2015年唐县制定了《唐县农村危房改造工作实施方案》。

2. 为认真贯彻落实党中央、国务院和省委、省政府关于脱贫攻坚的工作部署，切实做好建档立卡贫困户、低保户、农村分散供养特困人员和贫困残疾人家庭（以下简称四类重点对象）的农村危房改造工作，2017年唐县制定了《唐县2017年加强建档立卡贫困户等重点对象农村危房改造工作实施方案》。此外，进行危房改造还实施兜底政策。农村危房改造以农户自建为主；无能力自建的，为避免群众举债，由乡镇、村在与危房改造户协商的基础上进行统一建设，各乡镇政府具体负责组织实施。

3. 为解决老旧危房屋问题，集中力量消除农村老旧危房屋，全面改善农村群众住房条件和人居环境，2018年唐县出台了《唐县农村老旧房屋面貌提升实施方案》，对于不符合危房改造条件的危险房屋，纳入农村老旧房屋面貌提升工作范围中。

（三）加大宣传力度

县住建局联合各乡（镇），通过发放危房改造政策明白卡的形式，积极宣传农村危房改造政策，提高农村群众的知晓率，做到农村危房改造工作公开透明、阳光操作。

（四）严格确认危房改造对象

对于疑似危险房屋，各乡（镇）筛查上报，由住建局专业技术人员根据《危险房屋评定等级划分及简易评定标准》实地逐户进行房屋危险性评定，填写住房安全鉴定表，评定为C级、D级危房的列为危房改造对象，并由住建局会同扶贫办、民政局、残联复核认定危房改造对象身份。

（五）加强质量安全管理和技术指导

各乡（镇）对改造户的危房改造工程质量进行定期督导，发现问题及时整改，确保工作有序推进，运作程序合理规范，工程质量达到标准。县住建局成立农村危房改造技术服务小组，由住建局分管副局长任组长，乡建股、设计所、质监站、企管股、房管所等股室为成员，负责对全县危房改造工作进行技术指导。县住建局多次组织各乡（镇）危房改造主管人员进行技术培训，并提供技术指导。

（六）精心组织危房改造竣工验收工作

按照农村危房改造的标准和要求，危房改造竣工后，由住建局牵头会同扶贫办、民政局、残联及各乡（镇）、村，按照基本建设要求及时组织验收。

（七）规范资金使用

农村危房改造专项资金的使用采取“先建（改）后补，不建（改）不补，分类分档，政策兜底”的方式进行。按有关资金管理制度的规定严格使用，严禁截留、挤占和挪用。在补助资金发放上，房屋由农户自建的，资金由县财政直接发放给改造户；由乡镇、村统建的，资金直接支付给出资方。

（八）规范档案管理

危房改造户信息全部录入信息系统，相关数据、“一户一档”资料完整、真实、准确。农村危房改造实行一户一档的农户档案管理制度，批准一户、建档一户。各乡镇建立每个农户的纸质档案，包括档案表、农户申请、危房鉴定表、申请审批表、公示（乡镇、村两级）、协议、最低建设标准验收表、日常监督检查记录表、补助资金支付到农户账户的凭单等材料。

三、取得的主要工作成效

（一）2014年—2019年农村危房改造情况

唐县2014年—2019年实施农村危房改造共2777户，总投资5595.0223万元。其中，2014年实施656户，投资1034.27万元；2015年实施415户，投资626.04万元；2016年实施491户，投资679.2万元；2017年实施986户，投资2599.6423万元；2018年实施170户，投资486.395万元；2019年实施59户，投资169.475万元。

（二）农村老旧房屋面貌提升情况

2018年以来，县财政出资近2000万元，由住建局牵头，各乡镇负责实施农村老旧房屋面貌提升工作。2018年实施面貌提升2882户，2019年实施面貌提升610户。

唐县通过实施农村危房改造和老旧房屋面貌提升，取得了明显的成效。一是改善了农村人居住房安全条件。农村危旧房数量逐步消减，困难群体人居条件得到有效改善。二是农村面貌有所改善。危旧房实施拆旧建新，美化了农村环境，提高了农村生活水平。三是推动了和谐社会建设。农村危房改造让农村困难群体共享了改革发展成果，增强了农村困难群体建设美好家园的信心，密切了党群、干群关系，促进了社会和谐。

发展教育
——拔出贫困代际传递的穷根

唐县坚持将教育精准扶贫作为实现教育公平、促进优质发展的重要措施。县委、县政府高度重视教育扶贫工作，多次召开专题会议研究部署教育扶贫工作，制定了《唐县教育脱贫攻坚工作实施方案》《唐县教育扶贫后续帮扶和巩固提升实施方案》《唐县教育扶贫“十三五”规划》，成立教育精准扶贫脱贫领导小组，做到主要领导亲自抓，确保教育扶贫工作落实到位。

五年来，全县学前教育、义务阶段教育、普通高中教育、职业教育、特殊教育均得到快速发展。2017年顺利通过“省教育综合督导”“普及高中阶段教育”“义务教育均衡发展”及“语言文字工作”四项省督导验收，提前三年完成省要求的达标验收任务，同年顺利通过市学前教育均衡发展评估。2018年顺利通过国家义务教育均衡发展验收。

一、多方筹资，大力改善办学条件

（一）扎实推进项目建设

五年来，实施学前教育改扩建项目35个，投入资金3924万元；实施中小学校舍维修改造资金项目28个，争取专项资金7276万元，维修改造校舍5.08万平方米；实施农村义务教育薄弱学校改造资金项目31个，投入资金6661万元，改造校舍4.39万平方米；实施义务教育中央综合奖补资金项目12个，投入资金2233万元，改造校舍1.55万平方米；实施普通高中中央预算内项目2个，投入资金1930万元，改造校舍1.25万平方米；自筹资金3亿多元，投入建设唐县第一中学新校区，占地220亩，新建校舍8.9万平方米，于2017年8月投入使用。同时对职教中心与第二中学进行分离，第二中学搬迁至第一中学原校区，职教中心与第二中学均实现独立办学，唐县教育资源得到进一步整合，教育整体格局得到明显提升，为提高唐县教育教学质量奠定了坚实的基础。

王京镇东冯村小学旧貌

王京镇东冯村小学新貌

（二）不断提升装备水平

唐县高度重视学校装备工作。为适应新时代教育教学工作需要，2014年以来，为学校装备计算机11292台，装备交互式班班通2533套，装备录播教室27个，装备教学仪器、音体美器材设备78749件套，装备图书54万余册。全县所有学校班班安装交互式多媒体，实现了“班班通”；所有学校接入互联网，带宽速率100M以上，实现了“校校通”。

唐县二中实验室新配仪器

新一中操场

川里中学录播教室

第五中学图书室

（三）健全安全保障机制

唐县已构建起科学高效的安全保障机制。五年来，共投入资金470余万元，配备了安保器械，安装了视频监控、一键报警系统，有效提高了学校安全防范能力。

二、落实乡村教师优惠政策，提高师资队伍水平

统一城乡中小学教职工编制标准，确保农村学校按编制标准配足配齐教师，继续实施义务教育阶段教师“特岗计划”，2014年以来唐县共招聘特岗教师1036人，全部安置到农村中小学任教。建立健全县域内义务教育教师交流轮岗制度，引导优秀校长和骨干教师向农村学校流动。全面落实乡村教师生活补助政策和乡镇工作补贴。加大职称评聘向乡村学校倾斜力度，降低乡村教师职称申报评审条件，不作发表论文的刚性要求，提高乡村中小学校中高级职称岗位设置比例，在规定的比例上限内上浮2个百分点，将中小学教师到乡村学校、薄弱学校任教1年以上的工作经历作为申报高级教师职称和特级教师的必要条件。通过“国培计划”“省培计划”，用省外研修、送培到县、送培下乡、网络研修等方式，全面提升乡村教师素质。

三、以人为本，扎实推进教育民生工程

（一）实施教育惠民举措

实行幼儿园、小学、初中就近、免试、全部的入学办法，保证每名适龄儿童依法享受教育的权利。在高中招生中，将重点高中招生计划名额100%分配到全县每所初中，让每所学校特别是薄弱学校的学生都享有上重点高中的机会。落实流动人口子女与所在地人口子女享受同等待遇政策，保证教育公平。

（二）完善教育资助体系

严格执行学前减免保教费政策、义务教育阶段“两免一补”政策、高中职中“三免一助”政策。制定了《唐县教育扶贫攻坚工作实施方案》，建立了从幼儿园、小学、初中、高中（含职教）到大学的全学段资助体系，多渠道筹措资金资助贫困学生。2014年以来，唐县共落实资助金额9985.96万元，资助学生136777人次。办理大学生生源地助学贷款共6334.5万元，累计资助学生8974人次。实施中央彩票公益金“励耕计划”“润雨计划”，筹措资金180万元，资助贫困教师180人。设立“唐县优秀寒门学子王昆助学基金”，资助贫困大学新生400人，资助金额120万元。保定市杨玉泉王云青教育基金会奖励优秀贫困教师和品学兼优的贫困学生共计500人次，资助金额90万元。

（三）健全控辍保学机制，保障贫困学生不失学

在完善控辍保学“七长”责任制基础上，推行乡镇、村委、学校、家长“四包一”工作机制，明确每一个岗位的控辍保学责任，形成控辍保学合力。完善四级台账，通过信息比对、入户走访等措施，全面摸清适龄义务教育儿童少年底数和入学情况，建立信息准确、责任明确的工作台账。对因为身体残疾辍学、失学的，统一安排送教上门。对到技校就读有意向的，动员学生到县职教中心或其他技校就读，让学生学到一技之长。对家庭经济特殊困难学生，按照“一家一案，一生一案”制订扶贫方案，确保学生不因家庭经济困难而失学辍学。

（四）落实营养改善计划

唐县自2012年3月30日开始，按照每生每天4元的供餐标准，以“源头控制、封闭运行、专人接收、全程监控、监督食用、留样查看”为原则，建立了“五项机制”，制定了“十五项制度”，严格把好“八个环节”，确保了学生营养改善计划的顺利实施。截至2019年，唐县实施农村义务教育学生营养改善计划覆盖学生62452人，其中，小学（含教学点）231所学生40577人，初中25所学生21796人，特教中心1所学生79人，实现了农村义务教育学生营养改善计划全覆盖。

学生快乐享用营养餐

四、大力发展职业教育，提升就业创业能力

建立职业学校建档立卡贫困学生台账，认真落实职业学校学生资助救助政策，畅通家庭经济困难学生就读职业学校渠道。积极推进县职教中心与北京市

朝阳区劲松等3所高水平职高紧密对接，建立北京劲松职高、求实职高、电气工程学校基地校，切实做到与北京职业学校优势专业对接、实训对接、就业对接，促进县职教中心基础能力建设，县职教中心在校生人数由2014年不足1000人已发展到2019年的3000多人，实现了办学效益与质量的快速提升。结合精准扶贫，紧紧围绕扶贫项目搞培训，围绕主导产业搞培训。五年以来，共开展种植、养殖、林果修剪与管理等实用技术培训5.1万人次，促进了全县农民增收和精准扶贫工作。

五、做好易地扶贫搬迁就学工作，确保搬迁子女有学上

一是严格落实异地搬迁教育安置有关政策，安排搬迁群众子女到实验中学、第五中学、第一小学、第四幼儿园就读。

二是切实做好搬迁群众子女上学后续保障工作，确保易地扶贫搬迁子女有学上，上好学，享受优质的教育教学，高质量完成易地扶贫搬迁子女就学服务工作。

医疗保障
——打破因病致贫的“魔咒”

2016年国家卫计委、国务院扶贫办等15部门联合印发《关于实施健康扶贫工程的指导意见》，2017年国家卫计委等6部门联合印发关于《健康扶贫工程“三个一批”行动计划》，2018年国家卫健委牵头印发《健康扶贫三年攻坚行动实施方案（2018—2020年）》，2019年国家卫健委牵头制定《解决贫困人口基本医疗有保障突出问题工作方案》、国家医保局牵头制定《关于坚决完成医疗保障脱贫攻坚硬任务的指导意见》。按照上级文件精神和省、市卫健委安排部署，唐县依托卫健系统，发扬白求恩精神，把健康扶贫工作作为头等大事，严抓实抓，筑牢医疗卫生服务网络，严格落实各项健康扶贫政策。

四年来，唐县的健康扶贫工作被新华社及《人民日报》《中国新闻》《中国人口报》《河北日报》《保定日报》分别进行报道。2019年12月11日，河北省卫健委“健康扶贫、防病先行”进基层启动仪式在唐县举办。

一、脱贫攻坚工作任务

一是开展基本医疗问题排查，全面摸清底数，建立工作台账，确保如期完成任务。

二是做好家庭医生签约服务工作，对建档立卡贫困人口做到应签尽签，签约一人、履约一人、做实一人，重点对高血压、糖尿病、肺结核病和严重精神障碍贫困患者实施规范化签约服务。

三是县域内定点医疗机构全面实施贫困人口住院先诊疗后付费。

四是实施农村妇女宫颈癌、乳腺癌筛查项目和贫困地区儿童营养改善、新生儿疾病筛查项目。

五是开展健康知识普及，村卫生室每2个月进行1次健康教育，为全部贫困患者家庭每年发放1份健康教育“明白纸”。

六是加强县级医院、乡镇卫生院、村卫生室建设，2019年40%的乡镇卫生院和村卫生室达到《医疗机构基本标准（试行）》标准化水平。开展乡镇卫生院、村卫生室一体化管理工作。对居住分散的村，充分发挥临近卫生室和乡镇卫生院作用，完善巡诊机制，解决看病难问题。

七是加强农村贫困人口大病集中救治，根据国家统一部署，病种由21种扩大至25种。

八是落实《推进深度贫困地区农村基础设施和基本公共服务提升工程行动计划》，完成年度“双基”建设任务。

九是完成脱贫攻坚发现问题的整改工作，完善相关政策实施，建立健全工作制度，加大对整改工作指导力度，提升脱贫攻坚工作水平。

十是加强驻村帮扶工作。完成结对帮扶工作任务，切实发挥驻村工作队作用。

二、脱贫攻坚工作完成和政策落实情况

（一）提升站位，把健康扶贫作为卫健系统“头等事”

一是始终把健康扶贫工作作为工作统揽和头等大事，列入年度考核目标内容。

二是成立以一把手为组长的健康扶贫领导小组，充实力量组建专门办公室，抽调5人专司健康扶贫工作。

三是制定了健康扶贫实施方案、健康扶贫重点工作责任分工等专门文件。

四是班子成员对接包联2—3个乡镇卫生院，对所包联乡、村健康扶贫工作总体负责，直接参与，带领乡、村医生入户，通过将政策带下去、把问题带上来的方式，把健康扶贫政策知识培训到每位工作人员和村民。

五是成立综合督导组，对工作作风、工作落实情况全方位督导，实行严格

问责，对后进单位一把手进行提醒、通报和约谈，确保健康扶贫政策全面落实到位。

（二）精准宣传，提高政策知晓率，开展“大培训”

群众知晓是政策有效落实的关键。因此，统一印制宣传册、海报，做到卫健系统所有人员人手一份《健康扶贫政策解读手册》和明白卡；全部贫困户每户一册、一卡、一张海报，乡、村医生负责将手册送到贫困户手中，将健康扶贫海报亲手张贴上墙，为每名慢性病贫困人口送去健康处方。各乡镇卫生院、每个行政村村卫生室书写墙体宣传标语，悬挂宣传条幅。每个乡镇卫生院张贴展板5块、村卫生室张贴展板3—5块，内容包括健康扶贫政策宣传、包联贫困户责任制等。在所有贫困户家中粘贴有家庭医生和健康代办员姓名、联系电话的联系牌，使贫困人口对健康扶贫政策“举首可见”。各乡、村共制作悬挂政策宣传展板1650余块，入户张贴健康扶贫宣传海报3万余张，送到贫困户家中健康扶贫政策宣传册3万余册、明白卡3万张、明白纸6万张，保证了贫困人口健康扶贫政策知晓率。

2018年5月12日，河北省卫健委健康扶贫宣传启动会议在唐县白合镇西赤村召开。

（三）创新工作举措，提高群众“获得感”

1. 强基固体，加强村卫生室建设。唐县151个贫困村均建有标准化村卫生室，投入340余万元，为贫困村全部按省、市标准配齐42件/台设备。为全县341个村卫生室统一配置电暖器，每个村卫生室3台，并向县政府申请电费补贴，保证冬季环保取暖。按每千服务人口配备1名乡村医生的标准配齐乡村医生。

2. 积极开展大病专项救治工作。从2017年起，贫困人口患大病病种从7种分别增加到9种、21种，至2019年增加到25种，分别为：食管癌、胃癌、结肠癌、直肠癌、终末期肾病、儿童白血病、儿童先心病、乳腺癌、宫颈癌、肺癌、肝癌、急性心肌梗死、白内障、尘肺、神经母细胞瘤、儿童淋巴瘤、骨肉瘤、血友病、地中海贫血、唇腭裂、尿道下裂、耐多药结核病、脑卒中、慢性阻塞性肺气肿、艾滋病机会感染。除省、市定点医院外，唐县还确定县人民医院和县中医医院为县域内定点医院，对25种大病进行集中救治。成立大病救治专家组，制定诊疗方案，实行单病种收费。对县域内不能有效处置的病种，开辟救治绿色通道，积极转诊至上级定点医院进行救治。到2019年，已救治25种大病患者1134人。

3. 上下联动，依托医共体签约履约全面到位。家庭医生签约服务是提升群众健康水平最根本、最经济、最有效的措施。积极推动从重签约向重服务提质增效转变，不断提高居民对签约服务的获得感和满意度。县卫健局出台了《关于印发唐县深入推进家庭医生签约履约服务实施方案的通知》及《唐县残疾人家庭医生签约服务实施方案》，以维护人民群众健康为中心，不断完善签约服务内涵。以签约医生为主体，以乡镇卫生院为依托，以县级团队为技术支撑，广泛开展以慢性病患者为重点人群的签约服务。到2019年，建档立卡贫困人口、特困家庭、低保户、计生特殊家庭、非贫困人口25种大病患者已应签尽签，共计36334人。为减少非贫困人口与贫困人口的待遇差别，提高群众满意度，对患有慢性病且有签约意愿的非贫困人口全部进行了家庭医生签约服务，全县共签约194405人，占全县统计人口的35.6%。

4. 对口支援，春雨工程助力基层。以城乡医院对口支援工作为依托，二级以上医院向唐县20所乡镇卫生院分别派驻一名医师，并挂职乡镇卫生院第一副院长。同时，县人民医院、县中医医院每半月安排一次骨干力量到乡镇卫生院坐诊，推动建立支援医院医师定期服务基层工作机制，缓解贫困乡镇卫生院人才短缺问题，带动提升乡镇卫生院常见病、多发病的诊疗能力，为农村群众提供高水平的医疗卫生服务。

5. 积极落实先诊疗后付费、“一站式”结算和医疗服务代办制度。一是按照《关于农村贫困患者县域内住院先诊疗后付费工作方案》规定，全县定点医疗机构已全部执行先诊疗后付费政策。农村建档立卡贫困户患者在出院时只需缴纳除基本医保、大病保险、医疗救助“一站式”结算后的个人自付部分。二是出台医疗服务、医保报销代办制度，贫困户家家贴有代办医生联系卡，县、乡、村医疗机构明确专（兼）职代办人员，设置专门服务窗口，张贴明显标识，使用统一制式代办服务登记本，积极为贫困户进行预约、转诊、陪诊、代购慢性病药品以及协助办理县域外住院报销手续、门诊慢性病和门诊大病鉴定手续等医疗服务代办工作，第一时间让贫困家庭享受最新政策，确保救治对象方便、快捷享受各项医疗保障政策待遇。

6. 严格控费，减轻负担防风险。一是严格掌握入院指征，不做与疾病无关的检查。二是严格控制使用目录外药品、耗材、诊疗项目，如所患疾病确需使用目录外药品及耗材，必须经患者或家属签订《知情同意书》后方可使用。三是严格执行河北省医疗服务收费标准，不乱收费，不私立收费项目。四是减少一次性耗材的使用，手术患者能用国产耗材的坚决不用进口耗材，切实减轻患者费用负担。

慢性病示范区创建大型健步走活动

7. 加强医疗卫生网络建设，积极推进乡村医疗机构“一体化”管理。为保证常见病、慢性病能够在县、乡、村三级医疗机构及时获得诊治，2019年8月份，县政府办公室印发《进一步完善乡、村医疗机构一体化管理实施方案》，由医共体主体单位牵头，乡镇卫生院与村卫生室合为一体，实现行政、业务、人员、药械、财务、绩效考核“六统一”，由县财政保障提高村医待遇，稳定村医队伍，切实解决村卫生室村医短缺、服务能力不足问题。

8. 加强全县疾病综合防控。按规范做好重大传染病综合防治，完成艾滋病防控试点工作，实施遏制结核病行动计划。控制消除甲状腺肿大、布病等地方病，协调各有关部门、乡镇创建河北省慢性病综合防控示范区，省专家组已于2019年9月份对唐县创建工作进行省级验收。

9. 规范开展0—6岁儿童近视防控，农村乳腺癌、宫颈癌“两癌”筛查，孕期基因诊断等项目。2019年8月27日到28日，河北省贫困地区儿童营养改善项目会议在唐县召开，省、市卫健委领导对唐县妇幼工作给予了充分肯定。

三、健康扶贫工作成效和工作亮点

（一）送医送药，提高贫困人口满意率

推进健康扶贫工作最重要的是抓好源头防范，让群众少生病。一是自2018年4月20日开始，组织县级医疗机构组成五个健康扶贫义诊队，对2018年拟脱贫的37个贫困村全部进行了义诊。二是组织县人民医院、县中医医院组成健康扶贫巡回医疗队，2018年完成对全县151个贫困村村民体检，共体检26200人次，免费送药4985人次。2019年逐步扩大到345个行政村，截至10月24日，已完成260个村42987人次的体检。县人民医院购置多功能医疗车1辆、保障车2辆（配备高端检查设备）及帐篷7顶，建起移动医疗体检站，组建由30多名医护、后勤人员组成的健康扶贫移动体检服务队，规模相当于一所小型医院。

移动体检车健康扶贫巡回医疗队

（二）设立慢性病药品专柜和特需、外购药品代办窗口

1. 方便群众，设立慢性病药品专柜和专用窗口。县人民医院在11个乡镇卫生院、县中医医院在9个乡镇卫生院分别设立慢性病药品专柜，开设专用窗口，开通网上报销系统，让慢性病患者在乡镇卫生院就能购买到县级医院采购目录内药品，相当于把县级医院的门诊购药即报窗口直接设在乡镇卫生院，方便慢性病患者就近购药，减轻了患者往返县城购药的车费负担和时间、精力负担。

2. 创优服务，设置特需、外购药品代办窗口。为满足大病、慢病、非常见病患者用药需求，在各乡镇卫生院设置特需、外购药品代办窗口，配备人员，为有特殊需求的患者外购药品或及时购进患者所需药品，做好代办登记台账，弥补乡镇卫生院药房和慢性病专柜药品种类的不足，最大限度方便本辖区患者购药。

（三）创新宣传手段

创新举措，进一步加大健康扶贫宣传力度，扩大宣传效果。一是每个乡镇卫生院、村卫生室配备一套专用宣传音箱，共361套（仁厚镇东关村、西关村、仁厚村及白合镇白合村四个村为乡镇卫生院所在地或村人口少于500人，可以不设村卫生室，不配备音箱），用本地方言通俗易懂地宣传健康扶贫政策，滚动播放，提升群众的知晓率。二是建立县、乡、村健康扶贫工作人员微信平台，宣传政策、交流经验。三是统一下载健康扶贫动漫“听我说说健康扶贫好政策”，利用村广播喇叭滚动播放。四是在县电视台开设健康扶贫政策宣传专栏。五是对全县所有乡、村医生多次进行政策培训，解读解答相关政策和问题，做到卫健系统所有人员和贫困户熟知健康扶贫政策，入心入脑。

（四）发挥医共体作用，提升履约质量

针对山区乡、村医疗专业技术人员年龄偏大、业务水平低的现状，充分发挥医共体作用，医共体主体单位县人民医院和县中医医院分别成立由医生和护士组成的家庭医生签约履约团队，定期下沉到成员单位乡镇卫生院、村卫生室、贫困户家中，指导乡、村医生开展诊疗服务工作，重点是为贫困人口履约，开展上门访视服务和健康教育、健康体检、逐级转诊、健康评估等履约服务。从服务次数、服务内容、台账填写规范上严格要求，确保服务到位、台账填写规范，将家庭医生签约履约服务做实做细做到位。

（五）县人民医院率先推进“滚动报销”结算方式

住院期间记账系统每天参照报销比例测算自付费用，让患者实际支付的费用接近或等于自付部分，解决患者四处筹款支付押金的问题。

（六）积极推广中医诊疗

以县中医医院为龙头，以12个乡镇卫生院“国医堂”、村中医师为基础，发挥朝阳区2名对口帮扶中医主任医师“传帮带”作用，推广传统中医、中药为患者诊治，让老百姓少花钱、少跑路，提高贫困患者满意度。

四、后续帮扶、巩固提升情况

一是出台了《唐县健康扶贫后续帮扶和巩固提升工作方案》，贫困退出后，贫困人口继续享受健康扶贫各项政策。

二是继续加强政策宣传，开展县级医疗机构免费体检活动，充分利用县人民医院移动体检车，为贫困户免费体检，确保贫困人口患病得到及时救治。

三是继续实施大病专项救治。救治病种由21种增加到25种，切实减轻特大病患者医疗费用负担。

四是利用好京冀帮扶及三级医院对口帮扶，建立长期对口帮扶、进修培训、远程会诊、技术支援关系，进一步加强人才队伍建设。

饮水安全
——引得清泉进万家

农村饮水安全是群众最关心、最直接、最现实的问题，也是脱贫攻坚中“两不愁、三保障”的重要内容之一。县委、县政府历来高度重视农村饮水安全工作，将之作为一项民心工程，高标准建设、大力度推进。唐县已实现了饮水安全全覆盖，全县农村饮水安全供水模式有单村集中供水和分散供水两种，其中，单村集中供水工程256处，分散供水89处。全县农村集中供水率达到88%，自来水普及率达到85%，供水保证率达到95%以上。集中供水工程整体运行正常，分散供水村饮水安全稳固，保障了全县农村饮水安全。

一、立足“全”，打好“当头炮”

唐县把农村饮水安全项目作为改善农村环境的重要举措，摸清底数，全面动员，扎实做好项目实施的前期准备工作。

（一）全面摸底

唐县山区面积大，地形复杂，实施农村饮水项目工程具有点多、线长、面广的特点，施工难度大。为了确保饮水安全目标能够保质保量按时完成，水利部门深入实地一线，现场办公，找水源、定方案、抓督查、促质量，高效率工作，对每一处工程都进行精心勘测，做到了有设计、图纸和概算，对工程的质量、投资及运行费用进行了综合考虑后，做出最佳方案，保证了农村饮水安全工程的合理性、可行性和必要性。

（二）全员发动

为管好、用好水利设施，让广大群众在水利兴修中有更多的发言权，并极

大调动广大群众参与水利工程建设的积极性，唐县坚持“一事一议”，在项目申报及工程施工前均由项目村组织群众召开会议，听取群众建议，尊重群众意愿，鼓励村民自愿参与工程建设，并在工程建成后自发维护工程养护，使之长久发挥效益。“一事一议”不仅解决了长期以来水利工程自筹资金及群众投劳来源的瓶颈问题，更让唐县的水利工程真正做到了兴修一处受益一处，让“自来水”变成“长流水”。

（三）全力宣传

首先，加强管护宣传。在项目实施中，通过宣传手册、群众会议等方式，广泛宣传实施农村水利工程的好处。工程建成后，向项目实施村大力宣传项目管护制度和管护责任，强化群众管护意识，调动管护积极性，形成齐抓共管的良好局面。同时，加强水法宣传，提高保护意识，积极开展节水型农村创建活动，普及农村饮用水安全知识，增强农民群众水忧患和水环境保护意识，自觉保护水源、节约用水。广泛开展农村饮水安全科普知识宣传教育，切实提高农民群众的饮用水安全意识，充分调动其参与饮用水工程建设的主动性、积极性。

饮水工程施工

二、全力“推”，落好“关键子”

唐县坚持把农村饮水安全作为重要的民生工作，健全组织领导，加强资金支持，强化工程管理，大力推进饮水工程建设。

（一）建机构

唐县对农村饮水安全工作高度重视，成立了农村饮水安全工作领导小组，由县长任组长，主管县长任副组长，水利局、发改局、卫生局、财政局等有关部门一把手任成员，各部门各司其职，各负其责，团结合作，确保项目的顺利推进。水利部门加强协调调度，对农村饮水安全项目严格审批程序，提高审批效率，所有涉及项目均严格按照中央及省制定的有关项目要求进行上报、审批、核准、备案，各项程序、手续齐全，保障了工程的顺利实施。

（二）筹资金

根据工程建设投资比例，按照“渠道不变，资金不乱，各负其责，各计其功”的原则，中央资金、省财政资金及群众自筹资金共同使用，尤其是唐县山区面积大，饮水不安全村大部分都在山区，老百姓年人均收入低，通过对村干部和村民讲国家的优惠政策，讲饮水工程的好处，积极发动村民以劳折资。

2014—2018年，唐县共投资1.9亿元，解决了172个村26.6万人的饮水安全问题。其中2018年为脱贫年，唐县利用水利专项资金、县财政资金，整合财政涉农资金及过桥贷资金等各类资金1.1亿元，巩固提升了36个贫困村和38个非贫困村共计13.27万人的饮水安全问题。积极争取饮水安全专项资金2000万元，实施了河北省唯一的山区水厂——迷城乡联村集中供水水厂及主管网工程建设。2019年，积极争取饮水安全专项资金1000万元，整合扶贫资金288万元，实施了部分村内管网工程建设，彻底解决迷城乡8个村1.16万人的饮水不安全问题，迷城乡老百姓吃水难、用水难、用水贵的窘境成为历史。2019年12月16日，《河北经济日报》、长城网对该项目进行了题为《唐县：集中供水惠泽山区万余百姓》的专题报道。

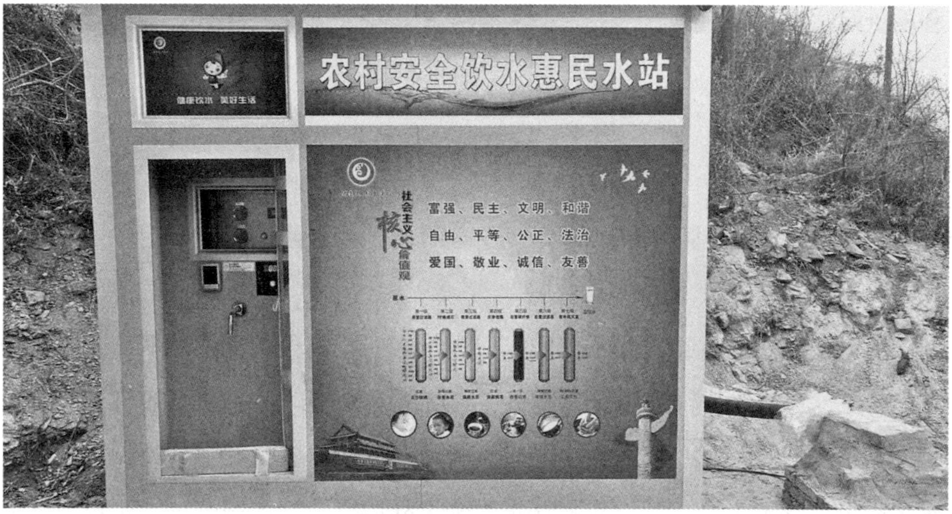

农村安全饮水惠民水站

2019年，唐县农村饮水安全工作重心转向了解决季节性缺水和加强工程的运行维护及管理，谋划实施了四批饮水安全巩固提升项目，总投资2154万元。一是投资1288万元，巩固提升迷城乡忠勇村、下三土门村、中迷城村、下庄村四个村和石门乡黄岩村的饮水安全工程；二是投资467万元，巩固提升黄石口乡茶叶庄村等12个非贫困村的饮水安全工程；三是投资188万元，巩固提升大洋乡大长峪村等6个贫困村的饮水安全工程；四是投资211万元，巩固提升白合镇西赤村等6个贫困村和2个非贫困村的饮水安全工程。

（三）保质量

质量是工程命脉，工程的好坏直接影响效益的发挥。在项目施工过程中，唐县严格按照国家发改委和水利部《农村饮水安全工程建设管理办法》和有关工程规范要求，严格项目实施。大力推行项目法人制、招标投标制、监理制、合同制管理，严把主要材料、设备采购关、施工队伍选择关和工程质量管理关。同时，水利部门派技术人员及监理人员跟踪检查施工方的建设进度、质量，确保工程能按进度要求保质保量完成。唐县实施的农村水利项目未出现工程质量问题。

三、着眼“管”，出好“组合拳”

唐县坚持建管两手抓，坚持因地制宜、产权明晰、责任明确、管护有效，积累了丰富的管理经验，为农村饮水安全工程长期运行提供了支持。

（一）明晰产权，解决“谁来管”

为全面做好农村饮水安全工作，促进饮水安全工程的良性运行，县政府相继出台了《唐县农村供水用水管理制度》《唐县农村饮水安全突发事件应急供水预案》，并制定了《唐县农村饮水安全运行管理办法》，指导乡（镇）村进行饮水工程运行管理工作，推进农村饮水安全工程运行管理体制改革。聚焦“三个责任”和“三项制度”落实，把“三个责任”和“三项制度”压实压细，落到实处。成立以政府主管县长为组长、水利部门重点抓落实的责任体系领导小组，全面落实水利部明确的政府主体责任、水行政主管部门行业监管责任和供水单位运行管理责任。同时，明晰工程产权，落实工程管护主体、责任和经费。明确农村饮水安全管理地方人民政府主体、水行政主管部门行业监管、供水单位运行管理“三个责任”的责任人、职务、联系电话及职责，在水源井周边设置服务公示牌，确保工程良性运行和群众长期受益。村委会委托用水户合作组织（民用水协会）负责资产管理和运行管理，村委会安排专人负责自来水设备的日常运行管理、维护等工作。同时水利局定时对工程运行进行跟踪了解，及时掌握工程运行管护情况。

（二）砸实责任，解决“管什么”

管理是关系到工程能否永续利用的核心。近年来，水利部门负责牵头抓总，对项目实施规范管理、严格把关，坚决管好“三道关”：一是管好水源质量关，做到水源可靠、水量充足和水质达标；二是管好土建质量关，施工要严格按技术规范要求进行，确保水池不漏水、不渗水；三是管好材料质量关，对农村饮水所需管材、水泵、深井护壁管等物质材料，本着公平、公开、公正的原则，实行统一招标，按需分配，主要设备和材料采购必须经过严格检验，坚决杜绝假冒伪劣产品进入工地。同时，在工程建设中强化督查指导，委托监理对工程进行全程监督指导，抽调技术骨干对在建工程进行巡回检查和技术服务，解决建设过程中遇到的一些技术难题和矛盾纠纷。

（三）建章立制，解决“怎么管”

严格资金管理，各级资金使用严格执行财经纪律和财会制度，建立资金监管体系，单独设立账户，实行报账制，做到专账管理、专款专用，财务支出依法合理，确保资金安全。严格工程管理，项目建成后，项目村、用水户合作组织制定工程管理制度，具体负责本村工程管理、建后管理和维护、水费征收等，确保管道不破损、管沟不拆扒、机井不堵塞、井房不破坏等，对已损毁和不能正常使用的工程，管护人员需及时维修养护，确保工程正常运行。

培育产业
——增强贫困群众“造血”机能

近年来，中共唐县县委、唐县政府确定了“以精准识别为前提，以增加收入为核心，以产业覆盖为根本，以责任落实为保障”的总体思路，大力发展长短结合、多点支撑的扶贫产业，实现贫困村、贫困户全覆盖，有力促进了贫困群众精准脱贫、稳定脱贫。2018年省扶贫成效考核中被评定为“好”的档次。2019年以来，唐县重点抓好剩余人口脱贫及历年脱贫人口后续帮扶，持续巩固脱贫成果，提升脱贫质量，5月份省政府公告唐县退出贫困县序列，7月份唐县代表河北省顺利通过国家检查评估，各项工作取得较好成效。2019年以来，整合涉农及京冀扶贫协助资金投入产业发展和产业配套项目资金0.96亿元，有力地促进了产业发展，带动贫困群众持续稳定增收。

一、加强组织领导，强化政策支撑，深化帮扶协作，凝聚合力全力推进

习近平总书记指出，要把发展生产扶贫作为主攻方向，多给贫困群众培育可持续发展的产业，多给贫困群众培育可持续脱贫的机制，多给贫困群众培育可持续致富的动力。唐县坚持把产业扶贫作为脱贫攻坚的核心动力和根本举措，多措并举，综合施策，构建政府主导、社会协同、群众参与的产业扶贫大格局。

（一）加强组织领导

把产业扶贫摆上重要议事日程，精心部署，周密安排，力求实效。2019

年，县委常委会、县政府常务会、县扶贫开发和脱贫工作领导小组会议等多次研究产业扶贫工作，有力推进了工作落实。成立产业发展推进组，由主管县领导任组长，相关产业部门主要领导为成员，共同推进产业扶贫工作，为产业扶贫提供了有力保障。

（二）强化政策支撑

在抓好上级产业扶贫政策落实基础上，制定出台《唐县精准扶贫产业项目扶持政策》《唐县产业扶贫2019年工作计划》《关于进一步落实支持政策　促进新型企业经营主体发展的实施意见》《唐县产业扶贫发展风险防控方案》《关于完善利益联结机制　进一步发挥新型农业经营主体带动脱贫作用的意见》等一系列政策文件，全面加强引导扶持，持续提高扶贫脱贫可持续发展能力，为全面打赢脱贫攻坚战奠定坚实产业基础；按照县扶贫开发和脱贫工作领导小组《关于进一步做好贫困退出工作的实施方案》，起草制定了《关于进一步做好产业扶贫工作　实现产业全覆盖的通知》，指导各相关产业部门、各乡镇切实解决产业扶贫领域产业单一、“一股了之”的突出问题，确保产业帮扶全覆盖，确保每个贫困户都有稳定的增收产业，实现稳定脱贫。

（三）深化帮扶协作

充分利用农业农村部、工信部、北京市朝阳区定点帮扶唐县的机遇，发挥挂职干部的桥梁纽带作用，积极争取资金、技术、项目支持，有力推动了唐县扶贫产业发展。借助北京市朝阳区帮扶机遇，与京客隆超市、北京企事业机关开展了农超对接、产销对接。抓好京冀帮扶项目建设，2019年，实施京冀帮扶产业合作项目6个，使用京冀帮扶资金2809万元，受益贫困人口5305人。

二、以产业全覆盖为目标，多措并举，不断推进产业发展

深入贯彻习近平总书记“要因地制宜，把培育产业作为推动脱贫攻坚的根本出路”等重要论述，按照市委“在产业发展中坚持长短结合、多点支撑、精心精细”要求，以市场需求为导向，一乡一业，一村一品，大力发展特色扶贫

产业，将贫困户嵌入产业链条，加快实现产业扶贫项目贫困户全覆盖（其中两重覆盖率87.58%，三重及以上覆盖率54.96%）。具体工作中，唐县结合实际，重点发展了六大扶贫产业，为群众脱贫提供了有力支撑。

（一）特色种植

唐县是著名的“大枣之乡”“河北食用菌之乡”，优质林果、设施蔬菜、食用菌、小杂粮、中药材等特色种植优势明显，现已成为群众增收的重要产业。全县红枣种植达到17.4万亩，核桃8.6万亩，小杂粮9.8万亩，设施蔬菜4500亩，苹果1万亩，外繁制种4200亩，油用牡丹3300多亩，食用菌1600亩，中药材2200亩。

（二）特色养殖

唐县以肉羊、生猪为重点，大力发展规模养殖，延伸产业链条，提高综合效益，带动更多贫困群众致富。全县规模养猪场110个，养羊专业村50多个，千只以上规模养殖场1000多个。唐县肉羊养殖发展迅猛，年出栏700万只，是华北地区最大的肉羊集散地，形成了集育肥、屠宰、加工、销售于一体的完整产业链条，成为10万多群众赖以生存的重要产业、贫困群众脱贫致富的重要支撑。唐县肉羊产业占北京市场份额的三分之一以上，同时被河北省指定为北京冬奥会羊肉定点采购基地。2018年11月21日，由县委书记代言的唐县羊肉专题片在央视二套播出，产生良好宣传效应，多家企业来唐洽谈合作事宜，进一步拓宽了包括贫困人口在内的养殖户增收渠道。为整合资源，唐县协调多家肉羊养殖和屠宰企业申报注册“唐县羊肉”区域公用品牌，拓宽了唐县肉羊产业宣传渠道，有力地推动了唐县肉羊产业的发展壮大。

种植业和养殖业共覆盖贫困户5500余户、贫困人口1.5万余人。

（三）家庭手工业

加强与白沟、容城、高碑店等地区对接，大力发展服装、箱包、玩具等家庭手工业，通过扶贫车间分红、加工点就业等方式，实现贫困群众村内就业、家门口挣钱。151个贫困村中累计建成家庭手工业村138个、加工点685个，加工点数量在全市9个贫困县中排位第1，带动826名有劳动能力的贫困人口在“家门口”就业，人均增收5000余元。扶贫车间43个，每年按投入资金的7%获得租金约167万元，可为2184名无劳动能力贫困群众提供稳定收入，人均增收760元。

（四）文化旅游

唐县是“中国唐尧文化之乡”，也是山区大县，旅游资源丰富，拥有各类景点64处，建成3A景区5家，国家级森林公园1家、省级森林公园2家，发展农家乐80家。全县年接待游客134万人次，综合收入达到3.7亿元，带动1782名贫困群众年增收368.9万元，人均增收2070元。

（五）光伏产业

充分利用唐县光照资源，因地制宜发展光伏产业，促进群众增收。建成光伏电站138个、装机容量56兆瓦，年提供收益1785万元，其中1287万元覆盖贫困群众7568户，年人均增收739元，剩余498万元用于增加贫困村集体收入。2019年实施2个联建村级集中电站，覆盖贫困村22个、贫困人口644户1391人，年提供扶贫收益398.8万元。

（六）电商扶贫

积极创建国家电子商务进农村综合示范县，高标准建成1家县级电商服务中心、345个村级电商服务站，覆盖全县60万群众，配套建成1个2000平方米的县级物流中心、5个200—300平方米的乡镇分拨中心、309个村级物流集散站点，形成了“1＋345＋60”的电商服务体系和“1＋5＋309”的物流运输体系，同时打造“唐尧山下”区域公用品牌，涵盖游、畜、铸、果、粮、艺等6大品类300多款产品，将大山里的特色农产品通过网络推向全国市场，辐射农民10000余人，年人均增收3000元。2016年，唐县被评为国家电子商务进农村综合示范县；2017年，唐县电子商务网络零售额达到8.27亿元，在全省62个贫困县中排位第4，在全市9个贫困县中排位第1；2018年，唐县网络零售额达到12.36亿元，在全省62个贫困县中排位第3，在第三批国家电子商务进农村综合示范县项目验收中位居河北省第1名；2019年1—9月，网络零售额达到11.75亿元，位居全省第32位。唐县电商扶贫典型做法得到省委副书记赵一德和副省长时清霜、夏延军等同志的肯定性批示，并在《扶贫开发》杂志、人民周刊网等媒体刊载。

（七）就业扶贫

通过扶智，提高自主脱贫能力，持续开展职业技能培训。2019年以来，技能培训农村劳动力1.1万人，其中贫困劳动力3187人，通过就业扶贫就业12057人。同时联合北京市朝阳区共同拓展就业渠道，共提供和发布工作岗位信息3.3万多条，通过劳务协作带动3.6万人实现在京就业，其中贫困人口960人，带动贫困劳动力1503人实现就地就近就业。突出自立抓公益岗，开发护林员、环保员、保洁员等公益性岗位6245个，每个岗位年增收3600元以上，为弱劳动能力、无法外出打工的贫困人口增加收入，拓宽就业渠道，有效解决了产业扶贫工作中存在的“一股了之”问题。

三、创新体制机制，积极培育新型经营主体

积极扶持和培育农业产业化龙头企业、种养大户、家庭农场、农民专业合作社等新型农业经营主体，带动贫困群众增收。县委办、县政府办印发了《关于进一步落实支持政策　促进新型企业经营主体发展的实施意见》《关于完善利益联结机制　进一步发挥新型农业经营主体带动脱贫作用的意见》。全县共有市级以上农业产业化龙头企业18家，其中省级5家；农民专业合作社1480家，其中国家级2家、省级6家、市级3家；家庭农场75家，其中省级4家、市级8家，实现了贫困村新型经营主体全覆盖。通过推广长期订单、保底收益、股份分红、生产托管等帮扶模式，实现贫困户与现代农业发展有机衔接。打造资产收益平台，以扶贫资金入股扶贫龙头企业，带动贫困群众增收。共计投入资金1.08亿元，与北大未名、爱迪新能源、汉唐牧业、唐龙纺织、广源畜禽、浩飞食品等多家企业开展了资产收益扶贫，覆盖2.6万余人，年增收1080万元，人均增收415元。

加快现代农业园区建设。共建成省级园区1个（丹凤山），市级园区5个（青虚山、润雨、华晟、狼山、唐川），县级园区4个（古北岳、兴盛、木兰红、伏城），乡级园区20个，实现了乡镇园区全覆盖。特别是依托丹凤山、古北岳经济示范区等现代园区，通过流转贫困户土地、村集体资源入股、入园务工等措施，带动周边贫困户增收。为抓好示范带动，唐县认真推进扶贫产业园建设，立足现代农业示范园区，对符合基本条件的园区逐一进行评定，在2018年认定丹凤山、通天河生物经济园、青虚山、润雨、天惠种业五家为产业扶贫示范园基础上，2019年新认定木兰红、振宏、瑞丽三家，全县扶贫产业园达到8家。按照产业发展要求，唐县进一步完善提高产业园区建设，并出台支持产业园区发展的工作意见，为园区的扶贫带动提供了可靠保障。

四、强化服务体系建设，夯实发展基础，为扶贫发展提供强有力支撑

出台农业产业扶贫技术服务体系建设方案，明确了年度工作计划及三年行动计划。不断加快产销衔接，突出品牌培育，组织企业参加廊坊、北京等地的农展会，开展农产品推介活动。借助北京市朝阳区帮扶机遇，2019年与北京龙湖集团签订了总投资450万元的苗圃基地建设项目，龙湖集团负责销售和技术指导，唐县负责选址建设，项目建成达产后，将有力拓宽群众致富途径。

落实产业发展指导员制度。根据省、市要求，每个贫困村配备1名产业指导员，非贫困村2—3个行政村配备1名产业指导员。已按照要求和扶贫部门联合下发了通知，制定了产业发展指导员制度实施方案，印发《唐县扶贫开发和脱贫工作领导小组关于聘任唐县贫困户产业发展指导员的通知》（唐扶贫脱贫〔2019〕7号），对312名产业发展指导员进行了聘任。帮助贫困户协调解决生产经营中的问题，培养贫困群众自力更生意识、提高自我发展能力，有利于建立产业发展的带贫减贫机制，将贫困户精准嵌入到产业链的各个环节中去。

组建专家服务团队。按照省、市、县领导指示和上级文件精神，结合唐县实际，制定了《唐县农业产业扶贫技术服务体系实施方案》（唐产扶办〔2019〕3号），围绕唐县农业扶贫主导产业，组建了由11名专家组成的县级专家服务团队，其中外聘专家3名；依托乡镇或区域农技站，组建了13个乡级扶贫产业服务队，共164人，覆盖151个贫困村。县、乡、村专家服务团队的组建，提高了对贫困村和贫困户的科技服务水平。

五、以要素支撑为保障，加快发展，助推脱贫

唐县聚焦扶贫产业发展的资金、技术、基础设施配套等制约因素，强化举措，创新机制，全力破解，加快产业发展，促进脱贫出列。

（一）强化资金支撑

积极整合涉农资金，加大扶贫产业投入。2019年整合到位资金1.5亿元，新实施一批扶贫车间、光伏电站、入股分红、蔬菜大棚、有机肥厂等产业项目。推进金融扶贫，累计发放扶贫贷款4.7亿元，覆盖建档立卡贫困户7492户，其中2018年金融扶贫发放贷款2.06亿元，覆盖建档立卡贫困户3256户；2019年新发放扶贫贷款1.44亿元，覆盖建档立卡贫困户2340户。2018年和2019年一季度小额信贷发放额分列全省第3、第1。唐县通过“引水灌田”，为产业发展注入了“活水”。

（二）强化技术支撑

加强就业扶贫，人社、农业、林业、商务、旅游等部门以贫困人口和生产型、经营型、技能服务型人才及农村致富带头人为重点，就果树种植、养殖、旅游就业等开展“联合”“订单”“定向”培训，为产业就业提供“智力”支持。依托丹凤山园区建设了太行山创新驿站，积极推进驿站建设。2017年以来，累计投入资金130万元，与河北农业大学组建的以孙建设教授为首的专家团队加强对接、搞好合作，全面加快农业科技成果转化落地，通过加大培训，全面提升技术水平。2019年经县审核，市政府认定了丹朱城·云水间太行山农业创新

驿站。利用京冀扶贫协作资金160万元，实施了2个科技扶贫创新驿站项目。

（三）强化基础设施支撑

全面加强基础设施建设，补齐发展短板，推进产业扶贫。在151个贫困村实施道路硬化亮化、水利配套、电力配套等基础设施建设，为扶贫产业发展提供了有力支撑。

（四）开展消费扶贫

唐县紧紧抓住东西部扶贫协作和京冀对口帮扶重大机遇，大力开展消费扶贫，逐渐探索出一条多种渠道、多方协作、稳定发展的消费扶贫模式。通过组织企业参加北京旅游国际博览会、“万企帮万村”精准扶贫洽商会、北京世园会北京扶贫协作成果展，与企事业单位开展产销对接，和京客隆超市开展农超对接系列活动，助力贫困群众增收致富。唐县农特产品在北京销售额达到3000多万元，帮助贫困人口400余人脱贫增收。

唐县虽然在扶贫产业方面取得了一定成效，但也存在一些问题和不足，主要是产品精深加工规模小，产业链条短，知名品牌少，附加值不高，储藏、运输、销售等配套产业发展滞后，等等。

发展电商
——凤凰飞出大山来

唐县作为发展不平衡不充分的国家扶贫重点县，封闭的地理环境成为束缚山区县发展的瓶颈。一方面，本地质量上乘的农副产品因没有畅通的销售渠道而影响农民收益；另一方面，城市商品因物流不畅、销售环节多，造成农民购物成本高。近年来，唐县紧紧抓住电商发展带来的新机遇，把发展电商作为打破山区制约、实现弯道超车的有力手段，统筹推进电子商务发展，坚持政府引导、企业主体、市场运作的原则，狠抓“创业培训、惠民服务、产品销售、劳动力就业”四大平台建设，电商事业快速发展。农民群众通过电商创业增收、企业通过电商转型升级，唐县闯出了一条冲破山区阻塞的新型脱贫之路。2016年，唐县被商务部评为国家电子商务进农村综合示范县。

一、成立电商服务中心，打造百姓网上创业平台

服务中心是一个地方发展电商的重要平台支撑。唐县坚持“服务政府、服务企业、服务农民”的原则，建立了占地2000平方米、具备“六个一”（一个固定场地、一个运营团队、一个服务前台和线上体验区、一个线上服务平台、一套服务管理制度、一定的政策支持和运营经费保障）条件的电商服务中心。在电商发展前期，注重发挥公共服务中心培训孵化的作用，为电商发展解决好人才支撑问题。

（一）培养电商人才

坚持把人才作为发展的第一要素，与无界电商学院、新农人教育、淘宝大学等电商公司签订合作协议，对有意从事电商的人员特别是贫困人口开展电子

商务培训，使其成为电商创业者、电商产品生产者或具备从事相关工作的能力，优秀学员推荐到相关电商公司就业。共培训各类电商人才12000多人次，聘请知名电商专家培训15批次，培训实战型电子商务人才2000多名，为全县电子商务发展提供了人才保障。

（二）培育创业主体

发挥电商服务中心促进政企对接、产业联合协作的纽带作用，大力推进电商与企业融合发展，培育更多创业主体。邀请国内专家教授开展了“互联网+唐县”“互联网+旅游+农产品”等系列专题培训，进一步开拓思路，转变观念，推广网络营销模式，培育电商创业主体。微商创业班学员开设微店120多家，微商创业100多人；全县农村电子商务网店超过2000家，从业人员1万余人，国内快递日出单量近1万单，农村电商年销售额4亿余元，培育了13个电商扶贫村。

（三）培训贫困群众

采取集中培训、下乡培训和远程培训相结合的方式，通过村级服务站，推出专题培训课程，解决村级服务站和贫困群众的培训问题。同时，侧重于贫困人口的电商帮扶，组织多场次贫困人口专门培训，并成功为特困家庭策划实施了“爱心鸡蛋”等专项活动，提升了电商的影响力，扩大了电商发展的群众基础。

二、设立电商服务站点，打造便民惠民服务平台

唐县辖20个乡镇，12个乡镇位于山区，其中最远的深山区乡镇距离县城90多公里，客观条件给广大山区群众带来了诸多不便。唐县坚持把电商网络延伸到20个乡镇、345个行政村，实现电商服务站点全覆盖，通过网络和物流连接，把服务站打造成多功能的便民站。

（一）物流便民

建立了1个2000平方米的县级物流仓储中心、5个200—300平方米的乡镇分拨中心、309个村级网点物流集散站点，通过三级物流建设，初步建立起布局

合理、技术先进、安全有序的现代物流体系。同时，支持快递物流企业在各乡村设立服务网点，鼓励发展面向乡村的“草根物流”。已整合物流配送车17辆，建成7个乡镇物流配送中心、18家物流配送网点，在一定程度上打通了农村电子商务“最后一公里”，实现了消费者和商家的“零距离”接触。

（二）代办便民

村级服务站是所在村的公共服务中心、政务中心、交易集散中心和物流中心，兼具就业、招工、农业信息发布，代缴水、电费和保险、车险、农业险，存取款金融服务，办理充值、装宽带、买卡号等功能。让老百姓“足不出户、足不出村”，在家门口就可以享受和城市同样的网购便利与品质生活。全力推进村级服务站政务化发展，就是使村级服务站通过县级电商中心对接政府，实现公文传递、政务公开、网上信息共享、网上法律事务的咨询和办理。

（三）购物惠民

打造“唐尧优品”微信商城，实现以线上网络平台微商城+线下实体村级服务站门店为一体的新型B2C（企业对终端消费者）电商模式。构建了345家村级唐尧优品O2O（线上对线下）体验店+1家县域综合O2O体验店的新型零售体系，成为唐县最大的连锁超市和最大的零售批发企业。唐尧优品网上商城自上线以来，线上商城已绑定268家合作企业，累计客户45896人次，推广订单总计24639单，商城浏览量达到53280次，累计交易金额536286元。同时，建立电商公社导购平台，对接京东、淘宝、天猫、苏宁、一号店、聚美优品等20多家国内大型网络商城，为各村电商服务站制作专属二维码，使群众电商购物渠道更加畅通。平台日平均购物300单左右。

三、培育区域公用品牌，打造特色产品销售平台

品牌决定电商发展的成败。唐县坚持牢固树立“只要有产品，就让产品走得出去”的理念，把打造区域公用品牌作为打开特色产品销售局面的重要抓手，深入挖掘本地特色产品，努力打造本地特色优质农产品和旅游资源的“金

名片”。唐县区域公用品牌的顶层设计和战略体系已经基本完成。

（一）加强宣传推介，扩宽产品增收渠道

建立PC网站、手机网站、微网站，与京东合作上线“中国特色唐县馆”，对本地红枣、羊肉、杏鲍菇等特色产品进行大力推广，形成唐县优质品牌效应。整合国内一线平台资源及自主研发平台，打通特色农产品上行渠道，将老百姓种植、养殖的农产品推销出去。重点对特色林果、畜牧、旅游等产品进行宣传推介，拓宽销售渠道，通过电商渠道已销售鲜桃128吨、核桃5吨。

（二）推行标准化生产，建立产品质量追溯体系

与国内专业溯源机构浙江天演维真网络科技股份有限公司合作，积极推进唐县农特产品质量保障体系建设项目，确定8家首批溯源企业，并进行2次系统实操培训。通过实施产品质量追溯体系，进一步提升唐县农产品的标准化、品牌化，让唐县“互联网＋电子商务＋农业”更健康、快速地发展。发展集“产品供应、过程监管、质量保障、渠道拓展”聚合为一体的唐县农产品生态链，提高唐县农产品“追溯、监管、管理、营销”公共服务水平。

（三）打造区域公用品牌，提升产品包装设计

聘请国内专业设计团队，加强区域公用品牌和自有品牌的包装设计。唐县电商服务中心针对柴鸡蛋、黑小麦、菊花茶、蜂蜜、黄金峪大枣、木兰红枣、核桃、野猪肉等30多款产品进行包装设计，打造“唐尧山下”区域公用品牌及“帝尧农夫”“木兰红”农特产品品牌，极大地提升了本地产品的知名度、美誉度。

四、做大做强电商企业，打造贫困农民就业平台

唐县坚持把企业扶贫作为最具带动力的扶贫模式，大力支持龙头企业实施“互联网＋”战略，通过引入电商模式，拓宽企业销售渠道，促进企业扩大再生产，吸收当地贫困劳动力通过就业实现增收致富。

（一）电商+传统企业，增加贫困人口就业

推进传统企业与电商融合发展，特别是率先将规模实力雄厚、产业基础较好的河北唐龙纺织集团有限公司与电商有机结合起来，在“接地气、做大气”上下功夫。公司线下建立家纺加盟店360多家，线上在全国范围内发展分销商3万多家，配备电商团队80多人，年销售收入7.5亿元，其中电商的销售额近3.5亿元，安置贫困劳动力61人就业，人均年收入2万元。

（二）电商+手工业，促进贫困人口增收

发挥电商企业助力脱贫攻坚的作用，带动贫困户积极参与到经营活动中来，增加贫困户收入。河北信达贸易有限公司生产的婴幼儿睡袋销量蝉联淘宝第一名，现已发展成为淘宝商城该类目第一品牌，年销售额6000余万元，带动30多个山村、500多名贫困留守妇女增收。15万件手工制品优先向贫困户发放，成为“互联网+扶贫”的典范。

（三）电商+林果业，帮助贫困人口致富

支持林果种植加工企业发展电子商务，打造网上销售品牌，扩大企业生产规模，带动贫困人口以土地流转、务工等形式增收致富。润升林果农民专业合作社流转土地165户，贫困户土地占80%，每年以发放土地租金的形式为村民创收30余万元。天农果品农民专业合作社主要从事大枣种植、加工、销售，带动周围4个乡镇、20多个村、800多户直接增收50多万元，带动贫困户增收12万元。溢坤农业开发有限公司和乐园农场以种植核桃为主，吸纳贫困群众30余人就业。

拓宽渠道
——帮助群众就业增收

为深入实施唐县就业创业“精准扶贫、精准脱贫”工作，促进贫困劳动力就业，开展就业技能培训，唐县相继出台了《唐县人力资源和社会保障局关于人社扶贫工作实施方案》《唐县人民政府办公室关于唐县2018年度产业就业扶贫培训工作实施方案的通知》《唐县人力资源和社会保障局关于农村贫困劳动力就业扶贫实施方案》《唐县人力资源和社会保障局　唐县教育局　唐县财政局　唐县农业局　唐县林业局　唐县扶贫开发办公室关于转发六部门〈关于进一步做好就业扶贫工作的实施意见〉的通知》《唐县人力资源和社会保障局关于做好与北京市朝阳区劳务对接的通知》《唐县人力资源和社会保障局关于推进贫困村致富带头人的通知》《唐县人力资源和社会保障局关于征集就业扶贫专岗的通知》《唐县就业扶贫专岗管理方法（试行）》《唐县人力资源和社会保障局关于做好与北京朝阳区人社局劳务对接活动的实施方案》《唐县人力资源和社会保障局关于加大贫困人口创业担保贷款服务力度的实施方案》《唐县人力资源和社会保障局与北京市朝阳区劳务对接扶贫协作三年（2018—2020）工作方案》《唐县人力资源和社会保障局关于开展农村贫困劳动力就业引导性培训实施方案》《唐县人力资源和社会保障局关于脱贫攻坚政策不落实问题清理整改“回头看”工作方案》《唐县就业服务局关于成立就业扶贫执行小组的通知》《唐县人力资源和社会保障局关于“空心村”治理就业政策支持专项工作方案》《唐县人力资源和社会保障局关于征集贫困人口公益岗位的通知》《唐县人力资源和社会保障局脱贫攻坚三年行动计划实施方案》《唐县人力资源和社会保障局关于就业扶贫后期扶持方案》等政策文件，为就业扶贫工作的开展提供了政策保障。2019年底，唐县现有贫困劳动力13954人，通过就业扶贫就业12057人，就业率86%。

一、畅通就业渠道，大力开展招聘活动

2018年以来，唐县通过召开“春风行动暨北京朝阳区劳务对接大型招聘会”“民营企业招聘周暨与北京朝阳区劳务协作招聘会”“就业援助月”等活动，召开招聘洽谈会7场，组织京冀及本地200余家企业举行招聘会，利用劳务信息平台及微信、QQ等载体发布就业岗位3.36万余个，发放就业扶贫政策、招聘简章等2.2万余份。通过高频次地举办招聘会，共带动劳动力到北京就业达3.9万人（其中贫困劳动力971人），带动贫困劳动力4702人实现就地就近就业。

二、培训“扶智”“扶志”

为切实做好就业创业“精准扶贫、精准脱贫”工作，深入各乡镇调查摸底，对全县有劳动能力、就业愿望和培训需求的建档立卡贫困劳动力培训情况及专业进行了梳理汇总，共有2383名贫困人员有培训要求，涉及工种有种植、养殖、电商、手工业、建筑、家政服务员、家电维修、美容、餐饮、服装加工等26个。以实现有培训意愿的人群全覆盖、促进贫困劳动力就业为目标，整合各类培训资源（通过政府采购中标的4家培训机构及牵头县林业局、县农业局、县商务局、县应急管理局、县扶贫办等县直部门），科学安排培训计划，聘请专业优秀师资团队，带上培训教具、教材，深入乡村，开展一线就业创业培训，着力提升贫困户劳动力的就业技能和就业竞争力，使其不仅能就业，还能干得好、干得长远。累计培训15540人，其中贫困劳动力7424人。2019年，参训人员达11397人，其中贫困人口3187人。

三、积极进行京唐劳务对接

（一）引进项目，建立服务平台

2017年9月建立对接机制以来，主动与北京对接3次，北京市朝阳区人社局

及企业来唐县对接4次。签订了劳务对接协议6份，引进北京帮扶资金160多万元，建立4个项目，分别是2017年综合技能培训基地、劳务信息服务平台（覆盖13个贫困乡镇，13个贫困村），2018年致富带头人培训项目、贫困劳动力转移就业精准培训项目。综合技能培训基地培训学员1638人，贫困人口566人；劳务信息服务平台为贫困群众提供就业岗位信息20600条；致富带头人培训项目培训329人，带动600余人本地就业；贫困劳动力转移就业精准培训项目培训贫困劳动力443人。

（二）精准设置岗位，因人而异促就业

全县未脱贫劳动力总量2055人，已实现就业1776人；脱贫享受政策贫困劳动力11894人，已实现就业10276人，就业率近87%；在全县345个行政村的未脱贫及脱贫享受政策的建档立卡贫困人口中，年龄在16周岁以上（含残疾人）的弱劳动力安置公益岗位6233人。

2018年，为贫困家庭中女40岁、男50岁以上的劳动力及残疾的弱劳动力开发道路养护、生态护林、保洁、生态管护等公益性岗位，予以托底安置，共安置2829人，努力实现“一人就业、全家脱贫”，助力精准脱贫。

2019年，利用北京帮扶资金1000余万元，开发了保洁、治安、村级公路养护等公益性就业岗位，已安置公益性岗位3404人，促进了就近就地就业。

四、做好移民搬迁人口后期扶持

县城易地搬迁集中安置区安置214户、659人，其中，已就业409人，实现了至少一户一人稳定就业。唐县对安置到县城的搬迁户开展就业招聘会2次，挨家挨户走访送就业岗位、送就业政策4次，联合唐县的骨干企业给易地搬迁的贫困劳动力提供合适的岗位。利用北京市朝阳区的区级帮扶资金，开发扶贫公益性岗位，负责安置小区及附近马路的保洁，现已安置公益性岗位136人。在县城安置的214户中，有386名贫困劳动力实现就业，确保了每户有1名贫困劳动力实现就业。对有培训意愿的异地搬迁安置人员开展培训工作，其中贫困劳动力

46人。

川里镇易地搬迁集中安置区安置24户、59人，有23人已实现就业（有劳动能力的搬迁户实现一户一人就业）。利用北京市朝阳区的区级帮扶资金，开发扶贫公益性岗位，负责安置小区及附近马路的保洁，现已安置公益性岗位10人。

挪出穷窝
——打开脱贫新天地

唐县是国家扶贫开发工作重点县，地处燕山—太行山集中连片特困区，总面积1417平方公里，辖20个乡镇，345个行政村，总人口60.5万人。涉及13个贫困乡镇、151个贫困村，脱贫任务十分艰巨。唐县按照省委、省政府关于坚决打赢脱贫攻坚战的决策部署，对居住在“一方水土养不起一方人”地方的贫困人口实施易地扶贫搬迁。

一、易地扶贫搬迁开展情况

（一）“十三五”搬迁计划执行情况

“十三五”期间，唐县计划搬迁311户874人。2018年，296户841人实现了全部搬迁入住。2019年，计划搬迁33人，全部为同步搬迁人口，其中，分散安置23人，集中安置10人，已完成搬迁。

（二）集中安置项目建设情况

2016年，唐县启动了县城和川里镇2个集中安置小区建设，2019年已全部竣工并投入使用，小区各项手续完备，完成安置238户718人。县城集中安置小区完成搬迁214户659人（安置建档立卡贫困户138户424人，其中，川里镇王尔峪村37户118人，雹水乡北雹水村1户6人，迷城乡马沟村41户126人，羊角乡马庄尔村21户61人，羊角乡黑角村33户103人，石门乡石门村5户10人；同步搬迁76户235人，其中，川里镇王尔峪村10户36人，迷城乡马沟村22户77人，羊角乡马庄尔村7户16人，羊角乡黑角村29户79人，石门乡石门村8户27人）；川里镇集中安置小区安置建档立卡贫困户24户59人（川里镇王尔峪村19

户39人，川里镇西苇村5户20人）。

（三）分散安置跟踪管控情况

唐县分散安置完成73户156人（自主建房58户124人，自主购房1户5人，投亲靠友14户27人），其中建档立卡贫困人口62户133人，同步搬迁人口11户23人。针对所有分散安置搬迁人员，对其迁出地、迁入地、帮扶情况等全面登记造册，做到一户一档，进行全程跟踪管理，并多方提供帮扶服务。

（四）后续帮扶措施落实情况

对搬迁人员进行深入调查摸底，根据群众需求，通过种养殖、光伏扶贫、资产收益、金融扶贫、扶贫车间、低保兜底、培训就业等方式，逐一落实搬迁后帮扶措施。产业扶持已落实1421人次，其中，种植扶持133人，资产收益受益8.7万元落实391人，光伏受益92万元落实510人，金融扶贫受益49.8万元落实166人，扶贫车间受益8.7万元落实221人；就业扶持已落实284人次，其中，县内就业176人，县外就业62人，就业培训46人；社保扶持受益4.3万元落实169人，其中，低保153人，五保16人；教育扶贫扶持45人；公益性岗位收益3.84万元落实128人。

（五）旧房拆除和土地复垦情况

唐县召开了旧房拆除和土地复垦动员会，腾退旧房，一宅一策制定完善方案，结合空心村治理，通过民宿开发、共享农庄建设、生态修复等方式，合理利用土地资源，宜林则林、宜草则草、宜园则园，做到既能开发利用，又要保护生态环境。

二、易地扶贫主要做法

（一）党组织领导和党员引领

1. 在县城集中安置小区实行“党组织＋社区”服务管理模式。成立唐县易地扶贫搬迁县城安置点支部委员会，支部由县社区办派出的一名年轻优秀党员任支部书记，2名搬迁村的优秀党员任支部副书记。设立唐县易地扶贫搬迁县城安置点管理委员会，由5名县社区办工作人员和4名搬迁村威望高的搬迁群众组成，由其中2名搬迁群众任副主任。

2. 川里镇集中安置小区由王尔峪村19户39人、西苇村5户20人两村搬迁人口组成，根据群众意愿，成立小区日常服务管理小组，由一名党员和两名威望高的搬迁群众组成。由于搬迁小区距离原搬迁区域不太远，搬迁党员的党组织关系仍属原搬迁村，其他搬迁群众由原行政村负责管理，群众“离土不离乡”，满意度非常高。

（二）下大力做好政策宣传

在深入了解搬迁户需求、严守人均建房面积不突破25平方米的基础上，通过集中培训、分层培训、现场解答和印发《易地扶贫搬迁政策明白纸》等多种形式，深入宣传和讲透易地扶贫搬迁政策，做到宣传到村、动员到户，使干部熟悉掌握政策，群众准确理解政策。

（三）积极创新建设方式

对县城集中安置小区的建设，唐县采取政府购买服务的方式组织实施，确保县城集中安置小区建设的迅速推进。石家庄市有搬迁任务的县以及阜平县等兄弟县市多次到唐县参观学习。

（四）注重部门协调配合

凡涉及两个以上职能部门的工作内容及审批事项，全部实行联合办理，最大程度上提高了工作效率，切实保证了项目建设的顺利推进。

（五）大力抓好后续扶持

在对搬迁群众逐家逐户统计帮扶需求的基础上，出台了《唐县易地扶贫搬迁人口后续扶持方案》，明确了扶持措施和部门责任分工，各部门分别提出了具体的安排意见。同时，大力抓好两区同建。在县城集中安置小区，组织教育、交通、人社等十多个部门，现场征集有劳动能力搬迁户的就业意愿，安排其就业；在川里镇集中安置小区，规划建设手工业加工点1个，利用安置房屋顶建设分布式光伏电站。唐县已实现了搬迁人口后续扶持全覆盖，全县公益性岗位优先向搬迁群众开放，实现有劳动能力搬迁户至少有1人稳定就业，确保贫困群众“搬得出、稳得住、可发展、能致富”。

金融扶贫
——活水浇开致富花

在脱贫攻坚工作中，缺少资金、生产技能不足、抗市场风险能力弱一直是制约贫困群众脱贫致富的重要因素。为切实解决好这个问题，唐县积极探索“政府引导、金融参与、企业带动、农户收益”的脱贫攻坚模式，本着“政府搭台增信、银行降槛降息、企业农户承贷、保险兜底保障”的工作思路，始终坚持以精准识别为前提、以增加收入为核心、以产业覆盖为根本，统筹“政银企户保”等资源，形成利益联结机制、贷款风险补偿和分担机制，走出了一条政府主导、银行支持、企业带动、贫困户参与、多种形式提供风险保障的可持续、低风险、可推广、符合唐县脱贫攻坚实际的金融扶贫道路。2017年以来，唐县组织召开了19次“政银企户保”金融扶贫贷款联审会和19次扶贫小额信贷评审会议，共发放金融扶贫贷款4.7亿元，覆盖7524户建档立卡贫困户。

一、政府搭台，破解机制障碍

（一）健全制度

在成立“政银企户保”金融扶贫领导小组，组织相关部门到阜平、隆化等地学习先进经验的基础上，深入研讨、征求意见，出台了唐县《“政银企户保”金融扶贫实施意见》（唐字〔2016〕55号），为金融扶贫提供了政策保障。根据省、市相关文件，政府办出台并印发了《关于进一步完善扶贫小额信贷机制助推脱贫攻坚实施方案和关于加快推进县乡村金融服务网络建设的意见》（〔2018〕102号），进一步规范了扶贫小额信贷操作流程，明确了各部门责任分工，合力推动扶贫小额信贷工作。

（二）搭建平台

2017年，唐县以压缩开支、整合涉农资金等形式筹措了5000万元作为注册资本，成立了唐县惠唐融资担保公司，从全县遴选优秀科级干部到担保公司任职，面向社会公开招录了专业工作人员开展担保业务。2017年底，为进一步增强担保能力，县政府又整合资金，将注册资本金增至1.0002亿元，进一步提升了担保公司的担保能力；整合扶贫资金3000万元的风险补偿金，存入合作银行，通过“资金池”激发银行参与积极性。

（三）完善网络

2016年底，唐县通过调配编制，设立了县金融服务中心。2018年，根据省（〔2018〕—4号）文件要求，又调整扶贫办、财政局、人行等部门和各责任银行相关人员，对县金融服务中心进行了完善；各乡（镇）以财政所为基础成立金融服务部；各村以村“两委”和驻村工作队为基础设立金融服务站，初步形成县、乡、村三级金融服务网络。通过“5 + 1”工作组入户实地调查、相关部门初审汇总、贷审会审核等工作机制，合力推进金融扶贫。

二、降槛减负，提高借贷双方积极性

（一）将贷款门槛降到最低

有贷款意愿、符合条件的建档立卡贫困户，均可申请扶贫小额贷款。为扩大帮扶企业的覆盖面，唐县出台《“政银企户保”金融扶贫的补充实施意见》（唐字〔2017〕33号），将全县除矿山、房地产企业外的所有企业全部纳入金融扶贫范围，只要带动帮扶贫困户、满足反担保条件，就可申请“政银企户保”金融扶贫产业发展贷款。

（二）将贷款成本降到最低

扶贫小额贷款免抵押免担保、基准利率放贷、财政全额贴息；产业发展贷款利率上浮不超过20%，担保费不超过1%，保证保险费不超过1.2%。

（三）将银行积极性提到最高

安排财政资金向开展金融扶贫的银行倾斜，将财政涉农整合资金、扶贫资金、担保金、风险补偿金等存储向合作银行倾斜，增加银行营业性收入，激励银行主动发放更多扶贫贷款，使银行由“不敢贷”变为“主动贷”。同时，引导金融机构积极开发符合唐县特色的金融扶贫产品，持续推动金融扶贫工作，巩固脱贫攻坚成果。

（四）充分利用扶贫再贷款

为减轻银行用款负担，唐县积极向上级人民银行申请扶贫再贷款，并积极引导辖属法人金融机构合理调整信贷结构，做好扶贫再贷款相关工作。截至2019年10月，唐县累计发放扶贫再贷款23430万元，涉及帮扶企业67家，累计带动帮扶建档立卡贫困户3564户；存量扶贫再贷款3500万元，涉及帮扶企业12家，带动帮扶建档立卡贫困户525户。

三、户企联结，共享金融扶贫“政策红利”

（一）广泛宣传，全员发动

以建档立卡贫困户为重点，以责任银行为主体，以驻村帮扶和服务网络为依托，通过组织金融夜校、开展扶贫小额贷款讲座、发放宣传挂历和“明白纸”等形式，广泛深入宣传金融扶贫政策，提高唐县金融扶贫政策知晓率。

（二）评级授信，按需放贷

按照真实有效、客观公正、简洁高效、动态管理、信息共享、合作共赢的原则，唐县组织县域内5家扶贫小额信贷责任银行，结合乡镇、村根据扶贫系统提供的建档立卡贫困户名单，逐户进行了信用评定。信用评定综合评价家庭成员情况、健康状况、社会诚信度及个人品质、劳动致富意愿及资金需求情况、家庭收入情况、专业技能及特长等6项内容，分为特优、优秀、较好、一般、等外级5个等级。各责任银行按照“一家评定、各家通用”的要求，根据评价结果，对有贷款意愿、符合贷款条件的贫困户发放扶贫小额信贷。

（三）层层审核，仔细甄选

采取“拉网式”普查和“绣花式”甄别，通过村推荐、乡镇初审、“5＋1”工作组（乡镇党政主要领导、包村干部、驻村精准扶贫工作队成员、村“两委”主要干部和市场经营主体负责人）实地调查、县扶贫办确认贫困户信息、部门审核汇总、贷款联审小组评审、责任银行发放贷款等工作机制，筛选并推动优质企业帮扶贫困户。已发放“政银企户保”金融扶贫产业发展贷款4.7亿元，直接帮扶带动建档立卡贫困户7524户。通过“政银企户保”金融扶贫产业发展模式，企业得到了发展资金，贫困户获得了收益，实现了企业发展、贫困户增收的共赢模式。

（四）搭建平台，助力产业发展

唐县为破解部分有致富意愿的贫困户无项目、无技术、无场地、无市场、无销售渠道的困境，根据省政府办公厅、省扶贫办、省银保监局等先后印发的《关于进一步完善扶贫小额信贷机制助推脱贫攻坚实施方案和关于加快推进县乡村金融服务网络建设的意见》《关于印发承德市“政银企户保”典型经验材料的通知》《关于推广扶贫小额信贷“一自三合”模式的函》等文件精神，探索开展扶贫小额信贷助力产业发展模式，主动为贫困户增收搭建平台。扶贫小额信贷坚持“户贷、户用、户还”原则，贫困户自愿申请与汉唐牧业开展托养合作，并签订托养协议，对有资金需求、符合贷款条件的建档立卡贫困户提供扶贫小额信贷支持。汉唐牧业负责提供设施完善、功能齐全、环境良好的托养猪舍，设立铭牌标识，建立托养台账，对托养的仔猪统一标识、统一保险、统一饲养、统一防疫、统一销售，为托养的育肥仔猪提供保姆式饲养服务，并且每只生猪拥有唯一耳标编号，从属于唯一贫困户，不会出现一猪多养现象。村委会明确专人负责督办、协办、代办，协助有资金需求的建档立卡贫困户申请贷款开展托养，并定期组织贫困户到汉唐牧业查看托养的育肥猪生长情况。通过开展托养合作，打造养殖基地，实施集中托养，降低贫困户经营风险；打造就业基地，倡导有条件的贫困户在汉唐牧业务工，增加收入；打造培训基地，汉唐牧业定期开展养殖技术培训，提升贫困户养殖技能，激发贫困户的内生动力。

四、保险护航，编织“安全网”

唐县坚持金融扶贫和防控风险相结合，建立了代偿程序、追偿程序、熔断机制，发挥保险兜底保障作用。

（一）政策性保险兜风险

县政府与太平洋财产保险公司签订政策性农业保险合作协议，积极协调保险公司、乡镇相关部门做好农业保险工作。创新工作方式，通过企业资助等形式，为玉米、小麦等主要农作物全部投保政策性保险；以养殖大户、养殖小区为试点，为能繁母猪、育肥猪、奶牛等提供政策性保险。通过实施政策性农业保险，降低农户风险，防止因灾致贫、因灾返贫。

（二）责任分担减风险

惠唐融资担保公司、合作银行、太平洋财产保险公司签订三方协议，由太平洋财产保险公司为产业发展贷款办理贷款保证保险业务，产业发展贷款发生损失无法偿还时，由担保公司、合作银行、保险公司按1∶2∶7的比例承担代偿责任；县扶贫办与合作银行签订风险补偿金协议，扶贫小额贷款发生损失无法偿还时，由扶贫办与合作银行按8∶2的比例承担代偿责任。责任分担机制的建立大大降低了银行信贷风险。

（三）创新模式夯基础

产业发展贷款出现风险后，保险公司承担70%的责任，仅仅依靠保证保险保费进行赔偿，赔付能力太低。唐县通过创新工作模式，将全县政策性农业保险和保证保险打捆交由一家保险公司承保，由政策性保险保费补贴保证保险，大大提升保证保险的赔付能力。

（四）严格程序防风险

为有效防范和化解扶贫小额信贷风险，充分发挥扶贫小额信贷在帮助贫困户发展生产、脱贫增收方面的作用，唐县出台了《扶贫小额信贷风险防控预案》，通过政策宣传，提高贫困户的信用意识；通过把控扶贫小额信贷政策要点，防止“一户多贷”、非贫困户搭便车；通过多方监督贷款使用，防止贫困户将贷款挪作他用。

政策兜底
——全面脱贫，一个都不能少

以习近平新时代中国特色社会主义思想为指导，按照党的十九大提出的“兜底线、织密网、建机制”总体要求和省委、省政府推进农村特困群体社会救助全纳入整体安排，唐县进一步优化政策供给，完善农村低保、特困人员救助供养、临时救助等兜底保障措施，加大社会救助力度，本着实事求是、群众公认的原则，切实织密、织牢社会救助兜底保障网。

一、下放社会救助审批权，提升服务效能

为进一步规范社会救助审批制度，优化审批流程，提高审批效率，按照保定市民政局关于将唐县作为第一批社会救助审批权限下放试点县的要求，唐县决定积极探索开展社会救助领域审批管理制度改革。自2019年5月1日，将城乡低保、特困供养、临时救助三个社会救助审批权限下放至乡镇，乡镇是社会救助审批的责任主体，负责申请受理、入户调查、民主评议、信息比对、审核审批，最后报县民政局备案。各乡镇严格政策标准，规范审批运行，以切实提升社会救助服务效能，全面提高社会救助服务水平，增强群众对救助工作的满意度。

二、提高保障标准，提升保障水平

根据保定市人民政府办公室《关于做好2019年全市城乡居民最低生活保障标准和城乡特困救助供养标准调整工作的通知》（保政办函〔2019〕29号）文件精神要求，唐县将2019年农村居民最低生活保障标准调整为月人均360元，人均补差不低于每月215元；城市居民最低生活保障标准提高至月人均605元，人

均补差不低于每月365元；农村特困救助供养基本生活标准调整为月人均468元；城市特困救助供养基本生活标准调整为月人均787元。根据省民政厅2019年城乡特困标准调整指导意见，将完全丧失自理能力特困对象月照料护理标准调整为当地月最低工资的20%；部分丧失自理能力特困对象月照料护理标准调整为当地月最低工资的10%；全自理特困对象月照料护理标准调整为当地月最低工资的5%。保障标准提高后，补差水平也相应提高。最低生活保障金实行分档发放。农村低保补助按家庭人均收入情况分为每人每月215元、240元、270元、300元、360元五个档次，最低补差每人每月215元；城市最低生活保障补助按家庭人均收入情况，分为每人每月365元、390元、420元、605元四个档次，最低补差每人每月365元。新保障标准于2019年1月1日起执行。

三、完善认定方法，做到应保尽保、应退尽退

（一）完善农村低保对象认定方法

对靠家庭供养且无法单独立户的重度残疾人、重病患者、困难老人、未成年人等完全或部分丧失劳动能力的农村特殊困难群体，参照单人户纳入农村低保。重度残疾人是指持有中华人民共和国残疾人证的一级、二级重度残疾人和三级智力残疾人、三级精神农村残疾人；重病患者是指罹患25种重大疾病且医疗费支出过大，获得重特大疾病医疗救助的农村人口，具体参考《河北省卫生健康委员会等五部门关于做好2019年全省农村贫困人口大病专项救治工作的通知》（冀卫医函〔2019〕29号）；困难老人是指其子女均属低收入家庭、赡养能力较弱且实际生活困难的60岁以上农村人口；未成年人是指农村低收入家庭中，在公办学校（全日制本科以下学校）就学刚性支出过大、实际生活困难的16岁以下人口。对重度残疾人、重病患者、困难老人、未成年人等特殊困难群体，要适当提高低保补差标准。脱贫攻坚期内，纳入农村低保的建档立卡贫困户人均收入超过当地低保标准后，原则上可给予不低于1年的渐退期，确保不影响其稳定脱贫后再退出低保范围。

（二）细化支出型困难群众救助政策

在核算困难家庭收入时，应扣减家庭成员因残疾、患重病等增加的刚性支出和必要的就业成本。扣减刚性支出原则上以申请前12个月的家庭收入为参考指标。申请前12个月的家庭收入扣除同期发生的刚性支出后，符合低保认定条件的，按照有关程序纳入低保。刚性支出是指获得各类保险补偿、救助捐助、政策减免后，由个人负担的实际费用（包括重病患者医疗费用和残疾人康复治疗、康复训练和照料护理费用等）。扣减就业成本原则上以当地最低工资标准为参照指标，已实现就业的，可按其就业收入或当地最低工资标准的20%—30%扣减就业成本；就业不稳定的，可按当地最低工资标准核算其就业，并相应扣减20%—30%就业成本；残疾人就业，可按当地最低工资标准的50%扣减就业成本。刚性支出、就业成本具体扣减办法由各地制定。

（三）规范共同生活家庭成员和财产认定方法

除夫妻双方及未成年子女（含在校接受本科及以下学历教育的成年子女）必须视为共同生活家庭成员、不得分开申请低保外（符合单人保条件的未成年人不受此限），其他具有法定赡养（扶养、抚养）义务关系的人员，无论是否共同生活、是否单独立户，均可不列入低保共同申请人（符合条件的也可一起申请），并按相关规定计算应给付的赡养（扶养、抚养）费，不得将其个人（家庭）收入和财产全部计入低保申请人的收入和财产。

（四）切实关注特殊人群，做到应保尽保

各乡镇开展全面排查，加强与民政、扶贫、医保、残联等部门和组织的信息互通和数据比对，确保将符合条件的困难群众及时纳入低保范围，做到“应保尽保”。一是拥有汽车、船舶、工程机械以及大型农机具或有工商注册、税务登记的（因扶贫政策加入农村合作社的除外；多年没有经营、使用、报废且短时间内不能进行注销或过户的，由所在村进行村民代表评议通过、乡镇精准核查认定后出具相关证明，由乡镇一把手签字存档）符合低保认定条件的，按照有关程序纳入低保。二是无户籍人员。由于客观原因短期内无法办理户籍，且经该村村民代表大会讨论通过，村“两委”认可为本村公民，符合低保认定条件的，按照有关程序纳入低保。待取得正式户籍后再进一步完善审批档案。三是由于客观原因暂时未取得残疾证的人员。经村民代表大会评议通过，符合低保认定条件的，按照有关程序纳入低保（附照片和佐证材料）。四是有财政供养人员或村干部家庭。由于刚性支出过大，符合低保认定条件的，按照有关程序纳入低保。五是无法认定人员。对因村组织不健全，民主评议会无法召开的或对民主评议争议较大的，本人确有困难，乡镇直接组织家庭经济状况核查，做出审批意见。

四、加大特困救助和临时救助力度

各乡镇认真开展特困人员自理能力评估工作，落实上级要求，按照全失能、半失能、全自理三档制定照料护理标准。鼓励有条件的农村特困供养服务机构在满足特困人员集中供养需求的前提下，为农村低保、低收入家庭和建档立卡贫困家庭中的老年人、残疾人提供低偿或无偿的集中托养服务。进一步完善临时救助备用金制度，加大临时救助力度，特别是对符合条件的返贫人员及时纳入临时救助范围。截至2019年10月，唐县农村低保13333户19222人，农村特困2150户2173人，农村低保、特困覆盖贫困人口13658人（其中低保11844人、特困1814人），全县保障率提升至4.23%。其中2019年以来新增农村低保5730人、特困248人。

五、加强动态管理，做到不丢不落

（一）统筹各项帮扶，做好政策衔接

1. 对符合农村低保条件的建档立卡贫困人口，按程序纳入低保范围。认真落实低保对象动态管理制度，各乡镇要组织专门人员进村入户走访调查，对建档立卡贫困人员做到全面识别，严格落实中央、省、市、县要求，将完全丧失劳动能力和部分丧失劳动能力且无法依靠产业就业帮扶脱贫的贫困人口纳入低

保范围。村干部负责提供情况，村民代表大会履行民主程序，驻村工作队和包村干部负责审核，乡镇党委负责决策，民政局负责审查审批，做到应纳尽纳、应保尽保。

2. 对符合唐县建档立卡扶贫条件的农村低保家庭，按规定全部纳入建档立卡范围，并针对不同致贫原因予以精准帮扶。

3. 对返贫的家庭，按规定程序审核后，相应纳入临时救助、医疗救助、农村低保等社会救助制度和建档立卡贫困人口扶贫开发政策范围。

（二）落实提标工作，做好标准衔接

按照市级提标要求，落实好农村低保提标工作。根据《关于进一步加强农村低保和特困供养保障力度与贫困人口衔接工作的通知》（唐办字〔2018〕44号）、《关于进一步提高社会救助兜底保障水平的实施方案（试行）》（唐办字〔2019〕55号）的通知规定，城乡低保标准年均增长10%以上，补差水平也相应提高。

（三）制定核算办法，做好对象衔接

做好农村低保和扶贫开发对象认定上的衔接，密切配合扶贫局和残联，以家庭人口、收入、财产以及家庭成员患重病、就学、残疾、因灾等刚性支出情况作为主要指标，综合评估家庭贫困状况。通过评估结果与家庭经济状况信息核对、入户调查、邻里访问、民主评议等结果相结合，精准认定农村低保对象和建档立卡贫困人口。

（四）做好特困供养工作

全面开展特困人员摸底排查，建立健全特困人员主动发现机制，切实将符合特困人员救助供养条件的农村贫困人口纳入救助范围，做到应救尽救、应养尽养。

特殊人群的特别扶贫

五年来，在县委、县政府严格按照党中央、国务院和市、县委《关于促进残疾人事业发展的实施意见》和《保定市残疾人事业“十三五”发展纲要》的总部署和总要求下，勤奋工作，克难攻坚，自我加压，狠抓落实，努力创新，全面完成了“十三五”工作目标任务，大力推进了残疾人事业建设的快速发展，对贫困残疾人进行了特别帮扶救助。

一、残疾人保障体系逐步完善

（一）贫困残疾人救助全面覆盖

唐县在残疾人康复、劳动就业、民生工程等方面，认真研究探索，出台了《贫困残疾人生活补贴和重度残疾人护理补贴实施办法》。五年来，唐县贫困残疾人生活救助78264人次，发放重度残疾人护理补贴175926人次。城乡贫困残疾人养老、医保补贴13000余人次，危房改造173户，燃油补贴8.15万元，农村贫困残疾人扶贫解困、临时救助2300余人次，阳光行动救助500余人次，做到了应助尽助、应享尽享，彻底解决了特困残疾人最低基本生活保障难题。

（二）教育培训持续跟进

把残疾人教育纳入总体规划，形成了随班就读为主体、特教学校为骨干的办学格局。注重发展残疾人特殊教育，为特教学校207名学生实行“两免一补”政策。五年来，对当年新考入大学的贫困残疾大学生及残疾人子女一次性救助14余万元。

（三）就业创业全力帮扶

重点保障残疾人劳动就业，确保残疾人就业创业工作稳步推进。五年来，城镇新增240名残疾人就业，按比例安置13人，福利企业集中安置37人，扶持残疾人个体创业23人，就业扶贫基地安置45人。发挥残疾人就业服务机构作用，有效实施残疾人就业指导、职业介绍和职业培训。建立了3个“残疾人就业扶贫基地”，安置了63名残疾人就业，为广大残疾人就业创业和家庭增收开辟了绿色通道。

（四）合法权益积极维护

严格按照法律法规，积极维护残疾人合法权益。一是建立了残疾人法律维权平台。各级残联组织充分发挥了法律援助站的维权作用。五年来，接待残疾人或其亲属来信来访12人次，信访办结率达98%。二是大力开展普法宣传活动。加强对残疾人权益保障法规宣传，把“一法一例”纳入全民普法教育内容，结合重大活动、重大节日开展残疾人保障法规和扶残助残政策宣传，强化了广大残疾人知法、守法意识，大力维护了社会和谐稳定。

二、残疾人服务体系快速推进

（一）康复辅具服务有力

按照“人人享有康复服务”的工作要求，唐县出台了《关于唐县残疾儿童康复救助实施方案》等救助政策，确保了康复工作有序开展。五年来，完成白内障复明手术176例；培训低视力儿童家长8人；为110名肢体残疾人进行了康复训练，免费为84名贫困肢体残疾人员装配了普及型假肢或矫形器；开展残疾儿童康复训练227人次，为4名儿童实施了免费肢体矫治手术，为11名儿童装配了矫形器；为贫困残疾人免费发放轮椅等辅助器具1800余件；残疾人体育器材进家庭190件；为400多名精神病患者免费发放药物，为210名精神病患者免费住院治疗；完成聋儿康复54名。全县5000余名残疾人得到了及时有效的康复服务。

（二）托养服务逐步展开

依托福康养老院、福寿园养老院、安定精神病院和居家养老，全面开展残疾人托养服务。通过民办公助、购买服务等形式，极大地改善了托养条件，提高了残疾人生活质量。已托养服务生活不能自理的智力、精神、重度残疾人360人次。

（三）无障碍设施日趋完善

唐县把无障碍建设作为提升服务残疾人能力的基础工作，同时，无障碍设施向残疾人家庭延伸，改善其生活环境。五年来，县残联投入94万元，为632户生活困难重度残疾人家庭进行了无障碍改造，极大地为残疾人居家生活和日常出行提供了方便。

（四）宣传文体十分活跃

一是充分利用新闻媒体，加大宣传力度。二是结合“全国助残日”，大力宣传残疾人事业，增强全社会扶残助残意识。三是积极参加省残疾人文艺会演。在文艺会演中，县特教学校聋哑儿童演出的舞蹈荣获二等奖。

三、残疾人管理体系全面提升

为加强残疾人组织体系建设，民政局主要负责同志多次深入各乡镇，协调乡镇党委、政府，落实配备专职理委员，20个乡镇1个社区配齐了残联专职委员。与此同时，唐县按照市残联的要求，在工作中坚持做到宣传政策、周密策划，做好选聘准备工作，强化业务培训，提高工作能力。县残联认真组织开展残疾人基本服务状况和需求专项调查，并按《关于开展全国残疾人基本服务状况和需求专项调查的通知》（残工委发［2014］6号）文件精神，完成调查录入。

深山通途
——铺就百姓致富路

唐县地处太行山与华北平原结合部，有13个贫困乡镇151个贫困村，集山区、老区、库区为一体，山区面积占82%，道路难行，严重制约和阻碍了当地农民的生产和生活。

为加快贫困村基础设施建设，有效提升贫困村面貌，促进全县脱贫攻坚进程，党的十八大以来，唐县紧紧围绕习近平总书记关于建设“四好农村路”的重要指示批示精神，坚持以人民为中心，全县广大干部群众凝聚共识，同心协力，在上级党委、政府和主管部门的悉心指导支持下，以创建“四好农村路”省级示范县为目标，以“四好农村路”建设为抓手，落实乡村振兴战略，扎实推进农村公路建设，使唐县路网水平、技术等级、质量安全、通达深度、服务广度显著提升。初步实现了乡乡通柏油路、村村通硬化路、户户通便民路的目标，农民出行难已成为过去。

一、建好“四好农村路”，铺平致富通途

中共唐县县委、唐县政府高度重视“四好农村路”建设工作，于2015年成立了“四好农村路”建设领导小组，制定了《关于加快推进“四好农村路”建设的实施方案》，多次召开专题会议，专门部署、专题调度，在面对财政资金十分紧张的情况下，争取整合资金、京冀帮扶资金、国债资金等多种方式筹集资金，在政策上予以倾斜，全力推进“四好农村路”建设。

到2019年，全县151个贫困村累计投入交通建设资金44465.9万元，农村公路建设里程246.6公里，硬化村庄街道、村内巷道88.1万平方米，安装太阳能路

灯11561盏，实施农村公路安防工程75公里。

2015年，投资2868万元实施涉及38个村的农村公路改造工程，公路建设里程76.9公里；投资576万元新建改建桥梁4座（十八渡桥、柳家沟桥、江家沟桥、东连颐桥）。

2016年，投资851万元实施涉及7个村的燃油税项目，农村公路建设里程14.95公里；投资2456万元实施财政扶贫资金产业项目，其中道路硬化项目涉及47个村，道路硬化面积14.5万平方米，道路亮化项目涉及61个村，安装太阳能路灯4607盏。

2017年，投资1411万元实施42个贫困村的主街道硬化项目，共硬化村内道路13.6万平方米，受益贫困户8594户21200人；投资791.1万元实施涉及57个村的扶贫产业路项目，道路硬化面积9.4万平方米；投资978万元实施10个深度贫困村街道硬化及亮化工程，道路硬化面积7.5万平方米，安装太阳能路灯196盏；投资2193.7万元实施西峒龙至封庄公路改建工程3.3公里，该工程直通两个产业园区，方便4个贫困村群众出行，涉及建档立卡贫困户740户1718人；投资263.5万元实施川里集中安置小区中桥新建工程；投资714万元实施涉及49个村的贫困村退出街道亮化项目，安装太阳能路灯2380盏。

2018年，投资943.6万元实施涉及23个贫困村、1个自然村的贫困村街道硬化工程，硬化路面8.4万平方米，受益建档立卡贫困户659户1793人；投资6920万元实施共建协议3条道路5座危桥改造项目，农村公路建设里程17.2公里；投资2.2亿元实施涉及12个乡镇、110个村的贫困村面貌提升交通建设项目，共计修建通村公路68条134.28公里，桥涵构造物103个，硬化村庄街道、村内巷道34.7万平方米，安装太阳能路灯610盏；投资945万元实施涉及56个贫困村的3768盏太阳能路灯安装工程。

2019年，投资1500万元实施75公里农村公路生命安全防护工程，极大地提高了唐县农村公路的安全通行能力。

二、建好“放心连心路”，带动百业兴旺

在加快农村公路建设的同时，严把质量安全不放松，严格工程质量和安全管理。落实农村公路建设“七公开”制度，即公开农村公路建设计划；公开农村公路建设资金补助政策，包括县、乡、村道及危桥改造、安保工程等的补助标准和资金；公开符合招标条件的农村公路建设项目的建设规模、技术标准、招标方式、标段划分、评标方法、中标结果、监督机构等；公开工程概况、施工许可、参建单位（建设、设计、施工、监理等）、岗位职责、质量安全控制、进度计划、主要原材料等信息；公开质量管理单位或监督机构、主要职责、质监负责人、联系方式、检查内容及方法、检查结果等，聘请村民监督员的相关信息也同时公开；公开建设资金筹措、资金来源及资金到位、拨付情况等；公开工程验收方式、评定结果、竣（交）工验收鉴定书等。广泛接受社会监督，明确责任，规范唐县农村公路建设管理行为，强化项目督导，确保工程质量，所有建设项目交工验收合格率达100%。

一条条农村道路，上通公路主干线，下连农户千万家，汇成农村经济发展的“快车道”，给农村带来了勃勃生机，让广大农民充满着无限希望。便捷的农村道路，不仅是唐县社会经济发展的助推器，更是连接城乡、连接党和群众心中的桥梁。

通过“四好农村路”建设，促进了旅游业发展，使全胜峡、青虚山、西胜沟等景区连成一体，实现了“人与路和谐相处、景与路和谐共生、美在路上延伸”，初步形成了“快进慢游”的旅游交通网络。

通过“四好农村路”建设，促进了农村经济发展，带动了红枣、核桃、苹果、中药材种植及畜牧养殖等一批产业，促进了农业增效、农民增收。

通过“四好农村路”建设，助力脱贫攻坚，有效地提升了贫困村的村容村貌，极大地改善了贫困山区老百姓的生产生活及出行条件，方便了群众，促进了党群关系，为脱贫攻坚打下了坚实的基础。

2014年以来，唐县交通路网的发展有目共睹，农村以前那一条条坑洼不平的烦心路跃身变成了现在的乡间坦途，这是全县人民上下齐心协力的结果。今天，踏上唐尧大地，一条条宽阔洁净的道路联结起城市和乡村，路网如织，车流如梭，便捷的交通已经成为群众脱贫致富、城乡繁荣昌盛的原动力。

第四章　涓流汇海　合力攻坚

真情协作　助力脱贫
——北京市朝阳区扶贫协作唐县工作纪实

翠色参天，白云轻抚。

唐县的秋天是美丽多彩的。黄熟的谷子、大红的寿桃、黄澄澄的柿子、熟透的大枣……散发出阵阵诱人的香气，田间、树下到处是忙碌的身影。

一大早，高昌镇北山阳村村民们就开始忙活，摘果、分拣、包装、装箱，刚刚下树的莲花柿被装上车发往北京，下午这些承载着村民致富希望的鲜果便会出现在北京的超市里。这也成为北京市朝阳区与唐县心手相连、协作帮扶一家亲的缩影。

近年来，北京市朝阳区认真落实党中央深入实施东西部扶贫协作重大部署，坚持以《全面深化京冀对口帮扶合作框架协议》为基本遵循，认真落实精准扶贫、精准脱贫基本方略，紧紧围绕落实扶贫协作任务，深入扶贫一线开展调研，深入一线开展工作。唐县受益巨大，财力、物力、人力等方面都得到北京市朝阳区的大力支持，脱贫思路视野得到启发开拓，脱贫方法行动得到指导帮助，唐县的物产、旅游、投资等方面得到宣传和优化。实实在在的帮扶，实实在在的成效。

一、高站位协作，高质量帮扶

北京市朝阳区深入贯彻习近平总书记关于扶贫脱贫工作的一系列重要指示和党中央决策部署，把扶贫协作作为践行“四个意识”、坚决落实“两个维护”的现实检验和实际行动，全面提升扶贫协作工作水平和脱贫质量，齐心协力支援唐县打赢脱贫攻坚战。

中共北京市第三批赴河北挂职干部保定临时党支部扩大会议

朝阳区和唐县建立对接工作机制，做好互访、部门、街乡、村企对接；专题研究部署和协调推进扶贫协作工作，细化扶贫协作规划，解决项目实施、资金拨付等重大问题；建立防返贫机制，瞄准处于贫困边缘的农村低收入户和建档立卡贫困户两类重点人群，抓住因病、因学、因灾等致贫返贫关键因素，分类设置精准防贫标准和程序，建立近贫预警、骤贫处置、脱贫保稳精准防贫机制，用改革的办法防贫堵贫，控制贫困增量，从源头上筑起发生贫困的“截流闸”和“拦水坝”，基本消除非贫低收入户因病、因学、因灾致贫和非高标准脱贫户因病、因灾、因学返贫等现象，促进未脱贫人口高质量脱贫。

京冀对口支援项目调度会

二、推项目产业，结帮扶硕果

（一）抓实人才培养

朝阳区组织部、党校、教委、卫健委、人社局、文旅局等部门全力支持唐县扶贫人才建设。朝阳区委组织部创新人才项目孵化，互派干部人才，定期开展培训，为唐县扶贫干部人才储备提供智力支持。朝阳区海外高层次人才协会与唐县倒马关乡人民政府签署合作备忘录，设立“凤凰文化与旅游教育实践基地”，推进“凤凰助学计划”实施。朝阳区委党校建立协作机制，与唐县县委党校签署交流合作协议书，双方互为“友好合作党校”“党员干部教育培训异地教学基地”，开展科研课题合作，实现让山区干部走出去、北京技术人才引进来。

北京向唐县选派33名专业技术人才；唐县向北京选派66名专业技术人员；唐县选派4名党政干部到朝阳区挂职学习，分别在朝阳区旅游委、区发改委任职；唐县选派80名教育、卫生、农业等部门专业技术人员到朝阳区相关部门开展交流、进修学习和学术培训，为唐县脱贫攻坚提供技术支撑。朝阳区派来技术精湛的专业技术人员33名，其中医生20名、教师7名、社区工作人员5名、农业技术人员1名，均参与到唐县扶贫工作当中。依托朝阳区智力和技术资源优势，加大对唐县党政干部和专业技术人员培训力度，通过理论学习、专题培训、现场教学、结对帮扶交流活动等形式，培训党政干部531人。

河北省党政领导干部精准扶贫培训班

（二）抓实帮扶项目

制定《唐县京冀扶贫协作项目资金管理实施办法》以及项目实施明白册，规范项目申报、审批、验收、帮扶资金拨付等相关程序，强化项目调度、动态管理、监督整改，保障项目和资金安全，有效地推动2019年帮扶项目的顺利实施。2019年，北京共拨付唐县财政援助资金4802万元（其中，京冀帮扶项目中北京资金3466万元、朝阳区区级专项资金500万元、街乡结对帮扶项目资金800万元，朝阳区人社局捐助公益岗资金36万元）。

京冀扶贫协作项目实施

（三）抓好产业合作

引导企业落地振兴产业，坚持企业落地振兴产业，积极引导北京企业到唐县洽商。出台《关于拟上市企业来唐注册投资的优惠政策》《唐县精准扶贫产业项目扶持政策》《唐县招商引资、招才引智优惠政策》等一系列优惠政策，对落地唐县的企业从聘用贫困户上岗、产业建设补助等方面予以支持，确保企业落实发展。引进8家北京企业赴唐县开展扶贫协作，落地项目8个。唐县在面对巨大环保压力，限产限批的不利形势下，实现实际投资额为1.155亿元，近两年累计投资额为8.103亿元，带动贫困人口7010人，其中吸纳就业81人，通过利益联结机制带动脱贫数为6929人。

北京市朝阳区科技企业帮扶唐县

三、抓消费扶贫，收益实效显著

2019年朝阳区帮助唐县在北京市场销售农特产品6.7亿多元，带动2278名贫困人口脱贫增收。

北京市朝阳区扶贫协作对口支援地区特色农产品洽谈会

（一）优化消费扶贫“内联”通道

朝阳区始终把电子商务作为开展消费扶贫的切入点和突破口，充分利用唐县“国家电子商务进农村综合示范县”金字招牌，优化电商布局，加强物流体系，线上线下双向发力，搭建唐县扶贫货品通道。以双创中心为依托，推动消费扶贫特色化。北京市消费扶贫双创中心朝阳分中心开始营业，销售扶贫农特产品200余种。北京新发地唐县特产馆已经建成并正式营业，销售唐县扶贫产品，打通“消费扶贫最后一公里”。

北京新发地唐县特产馆

（二）拓展消费扶贫“外推”路径

朝阳区积极组织唐县8家企业参加北京市“万企帮万村”精准扶贫洽商会暨“益企、互助、共赢”推介会，与中国轻工企业投资发展协会洽谈，推广“唐尧山下”区域公用品牌，以及游、畜、铸、果、粮、艺等6大品类300多款产品，使“唐尧故里、匠心优品”广为知晓。组织开展2019世园会北京扶贫协作成果展及特色产品展销会，以“唐尧山下·邀您一起去扶贫”为主题，全方位介绍、宣传唐县特色产品和旅游资源。组织唐县直隶黑猪、木兰红枣2家公司参加北京“一县一品”推介会，进一步叫响唐县品牌，为开展消费扶贫打好基础。

2019世园会北京扶贫协作成果展及特色产品展销会

（三）推进消费扶贫“七进”模式

坚持以购代扶，协调组织社会各界购买农特产品，既解决产业供求矛盾，又促进贫困群众稳定增收，让更多的优质农产品走出大山，进入京津居民的“菜篮子”“果盘子”。一是组织产品进机关。协调唐县特色产品进驻农业农村部农药检定所、北京市朝阳区慈善协会、团结湖街道社区、朝阳区妇联等机关单位，一次性采购32.26万元的农产品。二是组织产品进企业。与北京市朝阳区北花园绿化队签订200万苗木采购合作协议，按照采购额10%计提扶贫专项资金，用于羊角红枣产区贫困户产业巩固提升，惠及贫困人口数220人。三是组织产品进双创。组织天农果品、唐龙纺织等8家企业、31个品类产品入驻北京消费扶贫双创中心保定馆，共计销售11万多元。四是组织产品进部队。2019年7月，唐县特色农产品在北京市人力资源和社会保障局老干部服务中心开展现场采购展示会，保障局采购了大量农特产品。五是组织产品进家庭。组织唐县5家扶贫龙头企业及产品进入北京消费市场，多种特色优质农品、生态绿色产品赢得北京市民青睐，直接带动30个贫困人口增收。六是组织产品进农贸市场。组织瑞丽、振宏等公司产品走进新发地、昌平、通州、燕郊等农贸市场，年销售羊20万只。七是组织产品进景区。在2019年中国北京世界园艺博览会期间，唐县积极组织开展北京扶贫协作成果展及特色产品展销保定活动周“唐县主题日”活动，并以“唐尧山下·邀您一起去扶贫”为主题，全方位介绍、宣传、推介唐县特色产品和旅游资源；组织潭瀑峡景区等参加北京国际旅游博览会，向社会各界推介唐县优质特色农产品和山水旅游。

唐县扶贫农产品消费扶贫推介会

（四）促进消费扶贫“七销”途径

推进消费扶贫，市场是终端，消费是目标。唐县采取多种手段、多种举措、多种途径，重点在销上下功夫，在推上下功夫，推动域内特色农产品迈进市场、实现消费。一是宣传推介展销。2019年，开展中小型推介活动30余次，大型推介活动4次。二是商场超市直销。2017年4月，在北京市朝阳区委、区政府的支持下，北京京客隆商业集团股份有限公司打破常规商品进店程序，简化审批手续，设立扶贫专柜，为唐县特色农产品进京销售开辟“绿色通道”。该公司旗下的超市已在唐县采购鲜桃10万公斤、磨盘柿1.7万公斤、丰水梨0.5万公斤、鲜杏0.21万公斤。其中，仅采购鲜杏一项就促进唐县14个贫困人口每人年增收近300元。北京京客隆集团与唐县正在不断扩大合作领域，将唐县苹果、食用菌、散鸡蛋、糯玉米、核桃等更多特色农产品纳入采购范围。三是电子商务营销。参加中央电视台财经频道“双11”网络直播活动，邀请唐县县委书记杜庆勇同志为唐县羊肉代言，借助央视平台把唐县特色羊肉产品推向全国。四是基地直采直销。利用京唐协作帮扶，采用基地直采直销模式推广销售，建设农产品基地5个，包括丹凤山苹果基地、唐川农业基地、天农果品、静香源农场、唐城红酒基地，惠及贫困人口580人。五是帮扶单位助销。对接朝阳区帮扶单位，积极采购唐县农副产品，朝阳区妇联等机关团体、事业单位、民营企业采购47.96万元，京客隆集团采购124.53万元，朝阳区园林绿化局采购苗木200万元。六是旅游宣传促销。开展旅游推介3次，参加2017—2018年北京国际旅游博览会、奥林匹克森林公园新项目推介会，3本旅游刊物推介唐县旅游资源。七是劳动就业推销。以就业扶贫为核心任务，打造“唐尧”劳务和“唐尧”家政品牌，广泛开展劳务协作，带动唐县劳动力实现积极就业。共召开劳务对接座谈会6次、劳务协作专题会议8次、需求调研会5次，建立了5项劳务协作扶贫机制，共帮助4751名贫困人口实现就业。

北京市消费扶贫双创中心朝阳分中心

四、抓劳务协作，有力促进增收

朝阳区以开展劳务协作为重要途径，建立和河北省内外企业扶贫劳务协作对接平台，在平台建设、专岗安置、就业培训、招聘入职等方面取得了丰硕成果，有力地促进了群众增收。

（一）精准筛选对象，因类施策培技能

制定《唐县与北京市朝阳区劳务对接扶贫协作三年（2018—2020）工作方案》等文件，明确劳务协作方向，强力组织推动实施。广泛开展贫困人口中劳动力情况调查，重点把市场手段无法解决的就业困难劳动力、轻度残疾等弱劳动力的贫困人口从大数据中筛选出来，精准确定帮扶对象。广泛开展就业培训，开设家政服务、自主创业、畜牧养殖、缝纫工、育婴员等多个专业，着力提升劳动力就业技能和就业竞争力，使其不仅能就业，还能干得好、干得长远。共开展培训班76期，参训人员达3156人，其中建档立卡贫困群众1358人。同时，广泛宣传“十星级文明户”评选等劳动光荣相关扶持政策，着力提高贫困群众自主脱贫的积极性。

扶贫车间贫困户培训就业

（二）精准对接需求，因地制宜搭平台

加强劳务协作需建立常态化机制，更需稳定的平台做保障。唐县出台《关于进一步加强劳务协作扶贫工作的若干措施》，成立劳务协作专班，设立唐县劳务协作帮扶工作站，认定劳务输出服务中心为劳务实训基地，专门负责劳务协作事宜。2017—2018年引进北京帮扶资金160多万元，建立实施劳务信息平台、综合技能培训基地、职业技能培训、致富带头人培训4个项目，覆盖了13个贫困乡镇13个贫困村，发布北京用人单位招工信息3.36万条，为促进群众就业提供了有针对性的就业信息。

北京市朝阳区与唐县共同搭建劳务协作平台

（三）精准招聘带动，因时因地进企业

结合“春风行动”、民营企业招聘周等招聘黄金期，先后在唐县劳务输出服务中心、唐县沃隆时代广场以及军城镇、齐家佐乡、黄石口乡等地召开大中型公益招聘会8次，组织京冀及本地200余家企业举行招聘会，发放招聘简章、就业扶贫政策近2.2万份，共提供就业岗位3.36万个，达成就业意向545人。通过高频次的举办招聘会，共带动劳动力到北京就业达3.9万人（其中贫困劳动力

971人），带动贫困劳动力4702人实现就地就近就业。

五、设公益岗位，五结合出效能

朝阳区区级帮扶资金用于设置公益性岗位。公益岗安置期限为一年，安置到公益岗位的建档立卡贫困人口每人每月工资补贴为300元。公益岗的设置可概括为“五个结合”，发挥了公益性岗位的扶贫效能：第一，“村容村貌＋扶贫”。设置乡村保洁员，负责打扫村内卫生、督促村民对自家产生的垃圾及时清理；设置乡村道路养护员，负责乡村道路路面的清扫及养护。第二，“绿化＋扶贫”。设置乡村绿化员，负责乡村道路绿化、河渠池塘及其他公共区域的绿化，协助做好乡镇安排的绿化工作。第三，“环保＋扶贫”。设置环保网格员，负责本村环境卫生情况的巡查，发现污染环境的行为及时上报。第四，“自然资源＋扶贫”。设置虫情测报员，负责本村林地虫害情况的巡查，发现虫情及时上报相关部门；设置防火巡查员，负责本乡镇、村林地火灾情况的巡查，对火灾第一时间处置，并及时上报消防部门。第五，“互助性公益岗位＋扶贫”。互助性公益岗位为“老困孤”贫困人口提供养老护理、贫困家庭留守儿童看护、贫困病患人员及残疾人协助服务和保洁保绿环境卫生等服务。

六、凝聚各方力量，开创社会扶贫新局面

“众人拾柴火焰高”，开展扶贫协作以来，朝阳区坚持落实社会扶贫工作，推动社会多方力量、多个领域的多元互动，让更多力量参与到扶贫唐县的实践工作中来。特别是通过发挥社会扶贫的精准优势，为扶贫工作提供了巨大动力，开创了唐县社会帮扶的新局面。

（一）深怀敬老之心，笃行为老之事

唐县建档立卡贫困人口3.4万人，鳏寡孤独老人6000多人，其中因年老体弱、生病造成失能半失能的孤寡贫困人口是贫中之贫、困中之困。朝阳区动员朝阳区企业，深化企业帮扶，进行着眼于唐县贫困老人养老服务需求，引进北

京乐成集团，投资1700多万元，为唐县援建养老院护理楼。该项目新增床位133张，针对全县贫困失能半失能老人，极大改善他们的晚年生活条件，实现“老有所养、老有所依、老有所乐、老有所安”。同时乐成集团对院内护理人员进行基础培训，使其具备辐射周边居家上门服务的能力，链接行业协会资源，扩大贫困老人帮扶规模。

北京朝阳垡头街道助力河北唐县军城镇打赢脱贫攻坚战

乐成集团援建唐县护理院项目现场调度会

（二）凝聚各方爱心，深化社会帮扶

社会扶贫是企业、社会组织和公民表达责任心的重要平台。扶贫协作以来，朝阳区9个街乡、36个社区分别与唐县建立一对一帮扶关系，29家企业结对帮扶唐县25个贫困村，16所学校帮扶唐县14所学校，23所医院结对帮扶唐县23家医院，并开展了形式多样的帮扶工作。动员朝阳区图书馆、朝阳区海外学人中心、萤火虫爱心公益基金会、蓝地集团、北京市女企业家协会、龙湖地产、京客隆和北京健和公益基金会等多个部门与企业，向唐县捐款捐物合计2000余万元。仅以街乡结对帮扶为例，开展扶贫协作以来，朝阳区结对街道践行“五个一批”，向唐县捐款捐物合计100多万元，实施产业项目15个，动员辖区单位企业参与消费扶贫，采购唐县特色农副产品100余万元。

北京市朝阳区企业爱心捐赠扶贫物资

七、防疫、扶贫“两不误”

自农历2020年春节前夕，唐县疫情防控战打响至今，全县干部群众始终处于紧急备战状态，尤其是奋战在防疫一线的广大医务工作者，他们不分昼夜，

马不停蹄地战斗在抗疫“战场”上，创造性地开展了为结束医学观察人员颁发“光荣证”等活动，同时还派出8名医务人员驰援武汉，做出了巨大的贡献。但是随着开复工时间节点的临近，防疫物资还存在一定的缺口，部分扶贫项目不能正常启动。

朝阳扶贫挂职团队将这一情况及时反馈到北京朝阳，朝阳各方力量为助力唐县打赢防疫阻击战和扶贫攻坚战迅速集结：一是朝阳区发改委统筹与唐县结对帮扶的9个区属街道援助口罩，捐赠口罩1万个，数据还在增加中，主要用于扶贫项目和扶贫车间的开复工防护，其中雅宝路国际贸易商会捐赠的139件棉服已经送达川里镇石北村一线防疫工作人员手中，其他防疫物资也陆续到达。二是朝阳区工商联和红十字会捐赠KN95口罩2000枚，价值1.4万元，用于县人民医院、县疾控中心和齐家佐乡卫生院等医务工作者自身防护，此外还制发了慰问信和告知书，规范捐赠物资使用，关心关爱一线医务防疫人员。三是朝阳挂职团队积极搭建沟通平台，不断发挥京保扶贫协作机制的作用，动态收集防疫、扶贫需求，深化结对帮扶、“万企帮万村”、社会组织参与“携手奔小康”行动，确保防疫、扶贫“两不误、两促进”。四是积极推进消费扶贫，在保定市支部的领导下，帮助企业销售因疫情滞销的苹果8000斤，有5家单位工会约定了购买唐县农产品的意向，督促企业积极备案“扶贫832”销售平台，夯实消费扶贫基础。

朝阳区工商联和红十字会捐赠KN95口罩

为基层卫生工作者发放防疫物资

根据唐县疫情实际，北京扶贫团队和唐县扶贫办积极推进扶贫车间复工复产。一是县委、县政府高度重视。将疫情防控与复工复产统筹安排，及时公布复工复产时间。二是切实做好防疫。按照防疫要求，车间和宿舍空间做好隔离措施。三是密切关注产品原材料和销售情况，遇有情况及时协调。其中白合镇西昌扶贫车间是京唐协作建设的最大扶贫车间，申请朝阳区级资金350万元，以箱包加工为主，在县扶贫办和所在镇的大力推动下，62名工人全部复工复产，2户2人贫困人口的收益得到了有效保证。

白合镇西昌扶贫车间

2020年是全面建成小康社会的收官之年，朝阳区与唐县携手攻坚克难，决战决胜脱贫攻坚战。

在大山深处，知名专家上门问诊；在田间地头，绿色产品找到出路……项目援助、人才支持、企业合作、社会参与，一幅携手共进奔小康的壮美画卷在唐尧大地上壮美展开。

心手相连 脱贫摘帽肩并肩
——中共中央党史和文献研究院帮扶唐县纪实

历经风雨，更见真情。中共中央党史和文献研究院（下文简称中研院）自2003年起定点帮扶唐县已走过了17个春秋。17年来，特别是习近平总书记吹响决战决胜脱贫攻坚号角以来，中研院与唐县人民心连心、手挽手，共同经历了脱贫路上的艰辛，共同分享了摘帽时刻的幸福。

一、精干队伍超强力量，积极投入唐县脱贫攻坚事业

中央单位定点帮扶是脱贫攻坚的一项重要举措、一条宝贵经验。作为党中央的工作部门，中研院在编辑好、出版好总书记扶贫工作重要论述等著作的同时，把做好定点扶贫工作作为践行“四个意识”、落实“两个维护”的实践检验。近年来，院领导每年定期召开专题会议，学习领会总书记关于脱贫攻坚工作的重要论述，研究部署定点扶贫工作，制定切实可行的帮扶方案；每年都到定点扶贫县实地考察调研脱贫攻坚工作。已有1位正部级、3位副部级、3位中管正局级领导到唐县考察调研。

（一）健全组织领导，选优配强扶贫干部

该院成立了由院主要领导担任组长的扶贫工作领导小组，设立扶贫工作领导小组办公室。2016年以来，先后选派刘宏宇、郝云昌两名处级干部到唐县挂职担任副县长职务，选派刘建军、李旭、刘中文三名科级干部到唐县齐家佐乡史家佐村担任驻村第一书记。他们扎根基层、真心投入、倾情扶贫，展现出中直机关干部的良好风貌，为唐县脱贫攻坚事业做出了应有的贡献。

2018年10月，中共中央委员、时任中研院常务副院长曲青山同志（前排中）到唐县考察调研

（二）加大扶贫力度，拓宽帮扶渠道

资金投入逐年增加，2016年投入53万元，2017年投入62万元，2018年投入74万元，2019年投入200万，2020年计划投入230万元。扶贫项目不断丰富，涉及产业、教育、文化、医疗、消费扶贫以及基础设施建设、人居环境改造、新冠疫情防控等方方面面。

二、优势输血特色造血，开创唐县脱贫新局面

（一）文化扶贫有创新

1. 2018年联系中国艺术研究院7名国家级艺术家来唐县举办“版画太行”文化惠民项目，并将价值200万元的艺术品全部捐赠给唐县。

2. 2019年投入30万元支持编辑出版《奋进的五年——唐县脱贫攻坚纪实》一书。该书由县委办牵头、县扶贫办参与，全面总结脱贫攻坚的经验教训，全景记录脱贫攻坚的艰辛与收获。

3. 2019年投入12万元支持开展干部教育培训工作。该培训由中研院和中共唐县县委组织部联合举办，于11月5日至7日分两期进行，合计培训616名扶

贫一线同志。2020年投入20万元分别组织基层党政干部和农业技术人员培训班各一期。

4. 2019年在唐县开展第二批“不忘初心、牢记使命”主题教育之际，选派专家为唐县400余名各级干部作了一次“学党史、悟初心、强党性”的辅导报告。

2019年11月，中研院党史党建专家穆兆勇同志为唐县干部上党课

5. 2019年为帮助唐县干部群众学好党的理论和党史新中国史，下属的中央文献出版社、中共党史出版社、中央编译出版社为唐县捐赠党史党建类图书杂志4000余册，合计码洋30余万元，并在县委、县政府办公楼上设立小型党建图书室。

6. 2020年投入30万元，全面提升晋察冀军区司令部旧址展陈软硬件设施，打造高标准、规范化的红色纪念场所，逐步形成晋察冀军区司令部旧址与白求恩柯棣华纪念馆交相辉映的唐县红色教育基地的两极。

7. 2020年拟投入20万元用于齐家佐乡19个贫困村文明积分超市建设，帮助该乡打造精神文明及建设新高地，旨在激发贫困群众“我要脱贫”的内生动力，培树文明和谐、奋发有为的村风村貌。

8. 2020年3月，驻村第一书记刘中文在中研院唐县扶贫团队的帮助下，推出了原创网络歌曲《史家佐的康庄大道》。该歌曲唱出了扶贫人的心声，道出了扶贫工作的酸甜苦辣，已在多个网络平台和微信公众号上热播。

（二）消费扶贫出实招

1. 2019年春节、国庆节等节点，从唐县7个贫困乡镇分两批次采购9种价值近50万元的农产品，取得了较好的带贫效果。其中采购小米杂粮0.65万公斤、土鸡蛋8万枚（0.5万公斤）、中华寿桃4000公斤、核桃大枣2500公斤、香酥烧饼1500公斤、粉条1250公斤、蒲公英茶1600盒。2020年继续投入20万元以上采购唐县农特产品。

2. 2019年在唐县挂职的副县长郝云昌，通过北京世界园艺博览会、新发地批发市场等举办唐县消费扶贫展销会的机会，深度宣传推介唐县，助力来自太行山的农副产品打入北京乃至全国市场。年终岁尾，该同志还利用淘宝直播平台，向全国网友带货唐县产品，取得了社会效益和产品销售的双丰收。

中研院挂职副县长郝云昌（左）通过淘宝直播在线销售唐县农特产品

3. 2020年初与中国农业银行扶贫商城、高铁商城、“扶贫832”销售平台合作，助力唐县木兰红枣、直隶黑猪、瑞丽羊肉等多款农特产品上线销售，取得了较好的销售业绩。

（三）疫情来临显真情

2020年初的一场新冠肺炎疫情席卷全国。中研院第一时间向唐县发出慰问信，向奋战在抗疫一线的唐县人民表示亲切慰问，并拨付30万元专项资金，帮助和支持唐县战胜疫情。与此同时，驻村工作队联系购买口罩1000个，捐款1000元，协助组建志愿者队伍，支援史家佐村的抗疫工作。

三、一以贯之持续用力，做好定点村的帮扶工作

自2015年起，中研院一直定点帮扶齐家佐乡史家佐村。历经国务院、河北省脱贫验收以及河北省2019年度脱贫成效考核多次考验的史家佐村，在中研院的帮扶下，各项工作取得了明显成效，老百姓收获了方方面面实实在在的实惠。

（一）产业扶贫大助力

1. 2016年投入6万元帮助完成《史家佐村2016年农业综合开发经济林基地示范项目可行性方案》设计。

2. 2017年投入43万元完成扶贫车间土地流转和配套设施建设。

3. 2019年投入27.1万元继续完善由中研院援建扶贫车间的配套设施。扶贫车间投入使用后实现50人在家门口就业，并同时为村集体带来每年3.5万元的租金收益。

4. 2020年拟投入70万元建设集中规范的养殖场（含建设1500平方米高标准圈舍、仓库、水池、化粪池等），作为村集体资产用于租赁给村内养殖户集中圈养猪、牛、驴等，改变过去脏乱差的散养格局。

2020年3月，县、乡、村干部召开现场会，推进养殖场项目

（二）基础设施建设大力度

1. 2016年投入45万元建设引水上山工程，解决了山上耕地的引水灌溉难题。

2. 2017年投入10万元完成新建村民活动室基础设施建设。

3. 2018年投入15万元完成了2000平方米的田间道路硬化和两座河沟桥的加宽加固，进一步方便了群众生产及出行。

4. 2019年投入10万元完成了村内泄洪道的硬化，解决了多年来雨季行洪不畅的问题；投入3万元为史家佐村小学建设水塔，为学校师生提供了用水便利。

5. 2020年计划投入5万元用于引水上山工程的道路平整；投入10万元用于文化广场至扶贫车间西段河道管道铺设和路面硬化。

（三）人居环境大改善

1. 2019年投入12.5万元采购自装卸垃圾车1辆、抽粪车1辆、分类垃圾桶100个，有力配合了改厕、垃圾分类等工作；投入10万元用于全村污水治理，逐步改变污水随地倒、遍地流等问题；投入8万元用于全年的垃圾清运。

2. 2020年投入10万用于村内河道垃圾清理，支付保洁员工资及垃圾车和抽粪车日常消耗；投入5万元用于村内残垣断壁的治理。

（四）文化扶贫有特色

1. 五年来先后捐赠电脑打印机60余台、办公家具400余台套。

2. 2018年投入10万元修缮古戏台和丰富村史展陈，进一步丰富了史家佐村作为国家级传统村落的文化特色。

修葺一新的古戏楼

3. 2019年投入20万元建设村民文化活动舞台，丰富了全村2600多人的业余文化生活；投入10万元打造从村口到村委会的党建扶贫宣传文化墙；帮助村内古建砖瓦制作技艺成功申请河北省非物质文化遗产，为史家佐村再添靓色。

（五）教育扶贫多渠道

1. 2019年投入9.9万元建设电商扶贫培训教室，配置计算机15台套、桌椅15台套及投影仪、空调等设备设施；投入5.3万元分三个档次对村内30名大学生进行资助；投入3万元用于购买书籍、培训党员和组织外出参观学习等党建工作；联系中国光华科技基金会为史家佐小学捐赠价值5万元的小学生读物2000余册。

2020年初，社会公益人士向史家佐小学学生捐赠校服、学习用品

2. 2020年初联系智鼎公益为史家佐小学捐赠了价值2万余元的校服、学习用品；联系中国青少年发展基金会为史家佐小学12名贫困小学生每年每人资助1000元，连续资助6年。

（六）医疗扶贫再开花

2018年投入8万元为村卫生室购置了生化分析仪、心电图仪等医疗设备，满足了村民足不出村即可实现常规检查的需要；安装了空调，购置了打印机、电脑等设备，全面改善了村卫生室的条件。

（七）慰问困难群众不间断

五年来投入15万余元用于慰问村内老党员、老教师和困难群众，帮助他们解决临时困难。

脱贫功非一朝，帮扶贵在持续。在帮扶过程中进展顺利时的兴高采烈和推进不畅时的着急上火，都化作了脱贫时刻的激动与幸福。中研院17年来的坚持与努力，体现了作为中央定点帮扶单位的责任与担当。回望17年的风雨历程，他们“敢教日月换新天”的精神感动着唐县人民，他们“没有攻不下的娄山关、腊子口”的意志品质感染着唐县人民，得到了60万老区人民的认可与称赞。

百企帮百村　民企惠千家
——唐县实施"万企帮万村"精准扶贫行动

在脱贫攻坚的伟大历史进程中，唐县全县上下广泛参与、积极行动，尤其是广大的企业家朋友们积极响应号召，主动承担社会责任，慷慨解囊、无私相助，纷纷投身到脱贫攻坚这一伟大事业中，出钱、出资、出物，帮村、帮户、帮技术，帮助群众兴修水利、修建道路、培育产业、美化环境，为贫困群众做了实实在在的好事、实事，承担了社会责任，弘扬了善德义举，彰显了伟大情怀，为全县脱贫出列做出了积极贡献。

一、促进地方经济发展　带动贫困户致富——唐县昌鑫黑猪养殖有限公司

唐县昌鑫黑猪养殖有限公司秉承发展地方经济、造福当地农民的宗旨，以促进地方经济快速发展、带动贫困户脱贫致富为己任，通过金融扶贫贷款和流转土地的长期利益联结方式，带动当地建档立卡贫困户195户，并与贫困户签订长期稳定的书面协议，带动贫困户每户年均增收2680元。公司积极参与的社会扶贫"千企帮千村""百企帮百村"工作，对口帮扶唐县羊角乡僧贯村。

（一）积极开展金融扶贫工作

自2017年4月起，公司通过金融扶贫贷款的方式累计帮扶171户贫困户，与贫困户签订金融贷款扶持协议，累计发放扶持资金66.3万元，其中，发放到贫困户的扶持资金51.3万元，发放到贫困户所在村集体的扶持资金15万元。

2018年10月，唐县昌鑫黑猪养殖有限公司开展金融扶贫，帮扶军城镇51户贫困户

（二）流转贫困户土地

该公司共计流转土地1000亩，其中，流转贫困户土地12.7716亩，涉及1个乡镇4个村24户贫困户，与贫困户签订土地流转协议书，根据土地位置，确定流转费补偿标准，约为每年每亩800元，户均年增收425元，每年累计向贫困户支付土地流转费用约1万元。

2019年7月，唐县昌鑫黑猪养殖有限公司代表慰问军城镇僧贯村6户贫困户

（三）对口帮扶贫困村

积极参与社会扶贫“百企帮百村”工作，向对口帮扶的僧贯村村集体发放扶贫资金5万元，另积极对该村贫困户开展慰问活动，累计帮扶6户贫困户，发放慰问品及慰问金1万元。对口帮扶罗庄镇岸上村，按高于市场价格每公斤0.2元的价格收购岸上村的玉米，并无偿为贫困户提供经无害化处理的猪粪，户均年增收600元。

唐县昌鑫黑猪养殖有限公司通过金融扶贫和土地流转等长期利益联结关系对贫困户进行扶持带动，形成了贫困户与公司“利益共享、风险共担”的长期合作模式，并利用公司资源优势带动贫困户增收致富，加大对贫困户的帮扶力度，多措并举助力推进精准扶贫攻坚工作。

二、“三金一扶”助脱贫——河北丹凤山农业开发有限公司

河北丹凤山农业开发有限公司成立于2013年12月12日，基地位于唐县北店头乡，是一家综合性现代化农业企业。该公司以河北农业大学为技术依托，坚持科技领先，已被评为省级现代农业园区、市级现代农业园区、市级精品现代农业园区、太行山农业创新驿站、河北省“双创双服”重点项目、保定市重点工程、保定市扶贫龙头企业、现代农业科普示范基地、省级观光采摘果园、河北省巾帼现代农业科技示范基地。

河北丹凤山农业开发有限公司园区实景

该公司在自身发展的基础上，发挥企业龙头作用，以扶贫攻坚为己任，探索产业扶贫的新路径，采用“收租金、挣薪金、入股金、变脑筋”的“三金一扶”扶贫方式，帮助当地贫困户走上脱贫致富的道路。其中“三金”是：

（一）流转土地挣租金

流转土地600余亩，涉及2个村，惠及贫困人口105户，不仅提高了土地的使用效率，又使农民获得长期稳定收益。

河北丹凤山农业开发有限公司给农民兑付土地流转金

（二）入园打工挣薪金

公司每年累计用工15000人，带动周边贫困人口就业。为充分照顾贫困人口，园区在组织用工时优先考虑贫困户，将贫困户列为重点帮扶对象，因人而异，按照贫困户的劳动能力分配工作。

（三）入股分红挣股金

为了更好地实现企业、村集体、贫困户互利和共赢，公司与北店头乡马家佐村签订了扶贫资金使用协议，全村95户380人入股。为充分保障贫困户的利益，无论企业盈亏，公司按照对贫困户负盈不负亏的原则，保证红利收益的刚性兑付。已入股扶贫资金76万元，完成分红12万余元。

三、“政银企户保”带动增收——河北浩飞食品有限公司

该公司积极响应国家扶贫政策，履行扶贫责任，自觉带动贫困户增收。2018年至2020年，通过政银企户保扶贫政策，带动贫困户235户，每户增收3000元，累计兑现贫困户帮扶资金70.5万元，累计兑现村集体帮扶资金18万元。

河北浩飞食品公司帮扶中长店村助力脱贫

2018年9月，与唐县石门乡、齐家佐乡、大洋乡、北店头乡等下辖行政村签订资产收益合作协议，协议期3年，接纳资产收益项目资金1600万元，保证每年按入股资金10%支付保底收益。

2019年，帮扶2333户贫困户增收，每户平均增收685元。

河北浩飞食品公司帮扶中长店村助力脱贫

2020年，在新冠肺炎疫情防控期间，努力克服疫情影响，在做好防控工作的前提下积极复工复产，吸收周边村庄7名贫困户至车间内工作。

四、扶危济困共同富裕——保定瑞丽肉食品有限公司

保定瑞丽肉食品有限公司始建于2007年，是一家集肉羊养殖、屠宰、肉类精加工、配供为一体的农业产业化龙头企业。公司位于“全国一村一品示范村镇”的南店头乡葛堡村，是历史悠久的羊肉生产基地。公司占地面积35亩，建有年出栏2万只的无公害养殖基地1个，现代化自动屠宰流水线2条，年屠宰量可达150万只，营业额达1.7亿，屠宰生产量在国内位居首位，销售网络覆盖大中型城市，如北京、天津、上海、广州、深圳以及河北、河南等地。公司现有200余名职工，为当地劳动力转移、带动农民脱贫致富、发展区域经济做出了卓越贡献，并获得省级扶贫龙头企业、省级农业产业化重点龙头企业荣誉。

几年来，公司始终坚持发展不忘百姓，积极响应政府号召，发扬“致富思源、富而思进；扶危济困、共同富裕”的精神，踊跃参与到唐县脱贫攻坚工作中。

2016年10月，对口帮扶白合镇吉祥庄村，吉祥庄村将养羊扶贫项目基金款34万元投放到该公司，以固定分红方式用于发展养羊项目，实行一年，贫困村得到分红3.4万元。

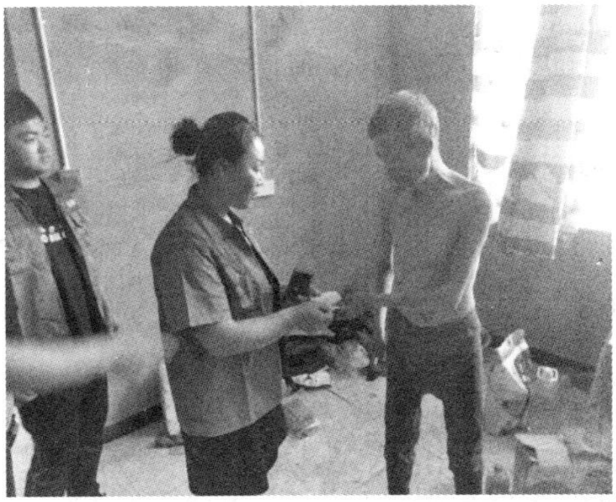

保定瑞丽肉食品有限公司看望慰问贫困户

2016年11月，通过金融扶贫方式与北罗镇贫困户106户签订协议，共贷款530万元。贫困户每年每户取得3000元帮扶资金。

2017年4月，通过金融扶贫方式与南店头乡53户、齐家佐乡1户签订协议，企业贷款450万元。贫困户每年每户取得3000元帮扶资金。

2018年5月，通过金融扶贫方式与南店头乡60户签订协议，企业贷款450万元。贫困户每年每户取得3000元帮扶资金。

2018年9月，出资1万元购买床单、被罩，对周边村贫困户进行慰问。

2019年3月，参加“百企帮百村”活动，帮扶齐家佐乡张合庄村10万元，用于该村发展。

2019年7月，向南店头乡葛堡村捐资近70万元，修建标准“两室”9间2层，使每位党员有了自己的活动阵地。

2019年8月，通过资产收益项目，与罗庄镇11个村405户签订3年期405万入股分红协议，保底收益10%，每年可分红40.5万元。

2020年2月疫情期间，向唐县慈善协会捐款10万元，向南店头乡捐款1万元，向葛堡村村委会捐款1万元。

2020年3月，向唐县发改局捐物，价值2.5万元。

五、合作社＋农户＋基地——唐县天农果品农民专业合作社

唐县天农果品农民专业合作社（下文简称天农果品合作社）成立于2011年，是一家从事大枣种植、加工、销售、技术服务为一体的现代化农民专业合作社。天农果品合作社开发了红枣、核桃等系列产品，实现了合作社产供销一体化生产。2014年，天农果品合作社被评为“国家农民合作社示范社”。

2016年，天农果品合作社制订了详细的扶贫工作措施，大力宣传贯彻各级扶贫政策，认真履行自身扶贫义务。

天农果品合作社聘请专家顾问提供科学种植和管理技术

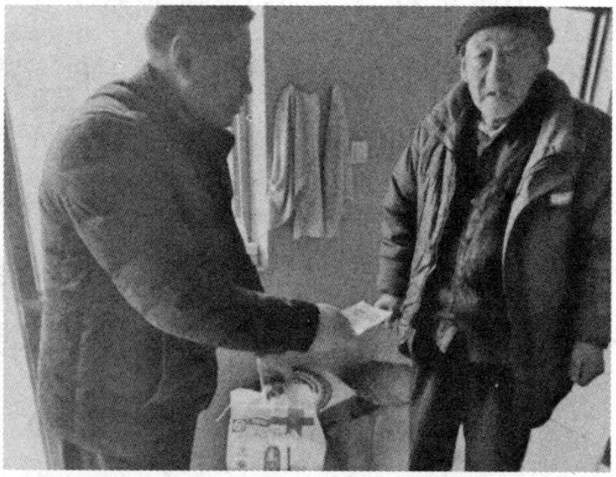

2020年1月20日，天农果品合作社理事长慰问贫困户

天农果品合作社成立以来，积极融入当地的脱贫攻坚战役中来。合作社采取合作社＋农户＋基地的产业化运作模式，常年聘请行业专家作技术顾问，积极向农户提供科学种植和管理技术，发放宣传资料，让贫困户提升枣树管理水平，增加收入。已累计培训200人次，发放宣传资料500余份。

对贫困户的红枣采取保护价收购，以高出市场价5%—8%的价格收购，解决了贫困户的后顾之忧。

对贫困户优先安排就业岗位。安排贫困人员8人，每年增加工资收入1万多元。

天农果品合作社以保护价收购贫困户红枣

天农果品合作社为贫困户优先安排就业岗位

合作社积极参与金融扶贫，帮助21户贫困户以金融资金入股合作社，取得分红收入3000元。

第五章　走在前列　引领示范

五年来，在打赢脱贫攻坚战的过程中，唐县干部群众和帮扶单位涌现出一批走在前列、扎实苦干、勇于创新的先进典型，起到了良好的引领示范作用，营造了全民脱贫攻坚的浓厚氛围，激励着唐县广大干部群众奋力攻坚，凝聚起了强大的脱贫合力。

唐县人民医院
——把健康送进深山里

唐县县域大部分是山区，各种基础设施相对落后，深山区群众因病致贫、因病返贫的现象特别严重。为方便群众就医，唐县人民医院精心实施创新健康扶贫举措，切实让广大贫困患者享受到党和政府的关怀和温暖，提高了贫困患者的生活质量。

一、成立“健康移动体检站”，为广大百姓免费体检

在县委、县政府的指导下，2018年5月14日，医院成立健康移动体检站，院长吴立国主抓。组织抽调讲政治、技术好的医务工作者，携带先进医疗设备，进村至家门口，为全县151个贫困村的百姓健康状况进行全面免费体检。现有移动房屋9间；工作车三辆，一辆保障车，两辆设备车（设备车配备有韩国康麦DR一台，美国飞利浦彩超仪三台，日本希森美康生化仪一台，日本希森美康血球检测仪一台，国产尿常规检测仪一台，国产阴道分泌物检测仪一台，国产心电图仪两台）。体检项目共66项，分别为身高，体重，血压，血常规，尿常规，血糖，血脂，肝功能检测，肾功能检测，胸片，心电图，肝、胆、胰、脾、双肾、双乳腺（45周岁以上女性）彩超，女性子宫附件彩超，男性前列腺彩超，孕妇胎儿监护，已婚女性（35—64岁）TCT检测，阴道分泌物检测，等等。共为131个村的24525人次进行了免费体检，其中，需要进一步观察的有14154例，需到村卫生所治疗的有3115例，需到乡镇卫生院治疗的有2526例，需到县级医院治疗的有2815例。同时为百姓解答健康问题，普及了健康知识，做到了早发现、早治疗，并使百姓逐渐将理念从以治病为中心转移到以防病为中心上来，从而不得病、少得病，减少了因病致贫、因病返贫的现象，确保了百姓身体健康，提高了百姓生活质量。唐县人民医院的此项创新举措分别被新华社和《健康报》《河北日报》等各级媒体进行了报道。

二、创新一站式结算护理站服务，为广大患者创造福利

为响应国家提出的“为贫困患者提供一站式服务”政策要求，最大程度为患者及其家属提供便利，减少就诊环节，缓解“看病难”的问题，医院结合工作实际进行了再创新。通过加大硬件设施投入力度，改变人们长期以来认为医院必须设立住院处的传统观念，于2018年9月取消了住院处和即报处。病人或家属根据医生开具的住院通知单直接到相应病区护理站，在护理站凭借身份证

办理住院手续。病人需要交押金或续交押金时，可在病区的自助服务平台通过银行卡、微信、支付宝和现金等方式完成。病区实行自动滚动报销，每日对患者治疗产生的费用报销三次，分别为7：00、12：00、17：50，报销出的金额自动返还到住院押金中。出院时，在护理站即可办理出院手续，并完成即报工作。病人从住院到出院的各项程序均在护理站完成，节省了东奔西走于各个窗口的时间，为患者提供了便利，也改变了患者一次性负担较大数额住院押金的情况，为其减轻了经济压力，切实为患者创造了便利。唐县人民医院的此项创新举措被国家卫健委医政医管局评为“改善医疗服务十大亮点”之一。

三、全面开展家庭医生签约履约服务，推动分级诊疗

在县卫健局的指导下，医院深度推进“医共体”工作，与11家乡镇卫生院签订了《医共体加盟协议书》并进行授牌。作为“医共体”主体单位，医院派出院级领导为队长的工作队，对11个成员单位开展家庭医生签约履约服务。对乡医、村医进行业务培训与工作指导，协助乡、村医生做好家庭医生履约工作，真正做到了大病、小病有人管，让村民知道去哪治、找谁治，推动了分级诊疗，使国家扶贫政策走进广大老百姓心里，使广大村民得到实惠的同时，感受到党和政府的温暖，提升了获得感和幸福感。

四、设立慢性病用药专柜，方便慢性病患者用药

慢性病用药专柜的设立是唐县一项重大惠民举措。县委书记杜庆勇同志多次到农村调研贫困人员生活需求，对百姓反映较多的慢性病门诊用药不方便的问题多次召开调度会议。在县委、县政府、卫健局的要求和部署下，唐县人民医院以“医共体”为主，在11家乡镇卫生院设立慢性病专柜，开设慢性病取药窗口，建立信息化平台，解决了乡镇卫生院因采购、报销权限受限等原因造成的慢性病门诊用药品种不全问题，实现了慢性病患者用药不出乡，减少了路途奔波，大大方便了慢性病患者，提升了百姓满意度。

五、结对帮扶，助力脱贫攻坚

为落实国家“精准扶贫”与“健康扶贫”政策，让贫困人口感受到党和政府的温暖与关爱，为打赢脱贫攻坚战做出应有的贡献，按照上级安排，唐县人民医院分别向羊角乡黑角村、石门乡担里村派驻扶贫工作队，向石门乡小路村派驻扶贫队员一名，配合当地乡镇和村两委开展“精准脱贫”工作。为将驻村工作队在医院的优良工作作风带到农村去，在当地村干部的领导下，发挥驻村工作队的才能，向贫困户一对一宣传国家政策，建立友好关系，充分让贫困户感受到党的关心与照顾。同时安排医院部分领导干部40余人与3个村贫困户200余人建立“一对五”结对帮扶关系，下乡帮扶共计200余人次。医院以这3个村为突破口，对贫困户开展健康扶贫的“深度防治健康体检”工程，深入贫困户家中宣传健康扶贫政策，对贫困户进行大病、慢病的检查，做到未病先防、有病早治。

齐家佐乡“四项行动”发动干部群众冲刺脱贫攻坚

在“两不愁三保障”目标基本实现后，改善和保持农村环境面貌，提升群众满意度，就成为脱贫攻坚的“最后一公里”。唐县齐家佐乡党委、政府按照习近平总书记关于“各级党委和政府要以更加昂扬的精神状态、更加扎实的工作作风，团结带领广大干部群众坚定信心、顽强奋斗，万众一心夺取脱贫攻坚战全面胜利”的重要指示，以及省、市委的工作部署，积极贯彻县委“四位一体”工作理念，坚持党政主导、群众参与，充分发动全社会力量，形成脱贫攻坚的强大合力，展开了冲刺“最后一公里”的战斗，并取得了显著效果。

如何动员全社会力量形成脱贫攻坚的强大合力，齐家佐乡党委、政府在分析研究问题方面坚持下足“绣花功夫”，找准了问题的症结所在：一是农村党员作用发挥不充分，在团结带领群众投入脱贫攻坚中的领头羊作用没有很好发挥出来；二是帮扶责任人在群众中形象不凸显，开展群众工作影响力不够；三是贫困户坐等帮扶，改善自身面貌的主动性不强；四是健康扶贫政策宣传不到位，群众满意度不理想。

针对以上问题，乡党委、政府对症下药，从2018年6月起，开展“小红帽”“蓝书包”“黄马甲”“白大褂”四项行动，四支队伍动起来，群众劲头儿带起来，环境面貌亮起来，全乡脱贫攻坚战场呈现出一片生机勃勃、团结奋斗的大好局面。

一、党员亮身份，开展“小红帽”党员志愿服务行动

打赢脱贫攻坚战，党员是风向标，是集结号。齐家佐乡党委高度重视农村

党员在脱贫攻坚中的先锋队作用，通过亮明党员身份，以实际行动志愿服务，增强宗旨意识，发挥党员先锋模范作用。开展党员“四帮、四心”活动，即“帮产业发展，增群众信心；帮劳力劳务，保群众安心；帮生活困难，让群众舒心；帮思想工作，强群众决心”。齐家佐乡以农村党支部为单位，组织农村党员佩戴党员徽章和党员志愿者“小红帽”，各村“小红帽”深入建档立卡贫困户家中进行走访慰问，宣传帮扶政策；走上街头清扫垃圾，清除小广告，着力提升村容村貌和户容户貌。全乡有436名党员参加行动，入户走访793户，带动群众积极参与环境治理，共清扫街道100多公里、清运垃圾100多方，正在建设“党员花圃”150多个，全乡环境焕然一新，群众精神为之一振。

二、责任人挂标识，开展“蓝书包”结对帮扶行动

帮扶责任人发挥着上联党政部门、下联贫困群众的桥梁纽带作用，是脱贫攻坚的重要力量。为凸显帮扶责任人的形象和作用，乡党委、政府组织各驻村工作队和结对帮扶责任人挎上印有统一标识的蓝书包，带上走访日记本和宣讲材料，深入走访入户，完善“七上墙”内容，宣讲扶贫政策，细致了解贫困户家庭成员基本情况及就业、养老、家庭收入状况，如实记录走访过程中发现的问题和贫困户现状，统一汇总梳理，同时帮助整理户容户貌，解决实际困难。来自31个单位的396名帮扶责任人走访贫困户1506户，帮助解决问题833个。通过“蓝书包”行动，帮扶责任人在群众心目中的地位进一步提高，群众对驻村和结对帮扶的满意度和认可度大幅提升。

三、公益岗明职责，开展“黄马甲”主动脱贫行动

为激发有劳动能力贫困户的自主脱贫热情，全乡实行公益岗位劳动积分制，打破在光伏收益分配上平均主义大锅饭的现状。各村对有劳动能力的贫困户进行保洁、防火、环保等公益岗位工作任务的分工，实行劳动积分制，按积分分配光伏收益，有效动员了全乡241户贫困户的公益岗位人员积极参加公益劳

动。在各村党支部村委会的组织下，公益岗位人员统一着“黄马甲”亮明身份，走上街头清扫卫生，营造良好人居环境，激发贫困户脱贫致富内生动力，让贫困人员做事有岗位、做人有尊严、家庭有收入、脱贫有信心，实现贫困户“要我脱贫”到“我要脱贫”的快速转变。

四、“白大褂”走千家，开展医务人员健康服务行动

过去，群众对健康扶贫政策了解不全面，对自身享受的医疗保障情况不清楚，非专业的帮扶责任人对群众疑惑的解答不专业、不权威，群众对健康扶贫的满意度不高。为解决好这个问题，乡党委、政府立足贫困人口老弱病残人员较多、发病率较高的实际，协调卫生院组织医务人员统一着白大褂，是党员的佩戴党徽，到各村集中为村民免费体检，家庭签约医生上门服务，发放“明白纸”，宣传健康扶贫政策，做好全乡贫困户健康调查摸底，确保底数清。大力解决因病致贫、因病返贫影响高质量、稳定性脱贫的关键问题。共为300余名村民免费体检，发放“明白纸”680张，排查处理健康问题60个，详细解答了群众大量的健康扶贫咨询，群众对健康扶贫政策更加明白，心里更加敞亮，对扶贫工作的满意度大幅提高。

陈红连
——主动脱贫找出路

陈红连，唐县黄石口乡黄石口村建档立卡贫困户，全家共六口人。陈红连本人患有小儿麻痹症，腿有残疾，为二级伤残；爱人邸白丫，高血压、脑梗死，身体也不太健康；儿子陈军亮血压高，腰椎间盘突出，儿媳张翠玲身体健康，家中只有一个半劳力；两个孙女，一个在小学，一个在幼儿园。家里是老的病、小的弱，劳动力缺乏。2014年前，家里年收入从没有超过5000元，生活极为艰难。

陈红莲对脱贫致富充满渴望，但是苦于没有资金、没有技术、劳动力缺乏，更没有稳定的收入，高额医疗支出费用又是雪上加霜，家中连一件像样的家具都没有，原有的收入也仅仅能满足一家人的吃饭问题。两个孙女正是长身体的时候，也不能像其他家庭一样有充分的营养保障。可以说，一家人对生活看不到一点儿改善的希望，对未来生活感到有些迷茫。

2014年，陈红莲家纳入贫困识别，首先就是困扰家庭多年的巨额医药费得到减免，让陈红莲一家终于能看得起病，摆脱了原先“有病主要靠扛”的窘境，现在敢去医院看病和用药治疗了。随着身体健康状况的逐步好转，以前干不了的一些农活也在重新做起，粮食渐渐多了，吃的渐渐好了，陈军亮、张翠玲夫妇在村里也开始打些零工。2016年底，陈红莲一家收入了近20000元，每人平均3000多元。好生活的到来，都是党和国家的扶贫政策带来的直接结果。生活水平的逐步提高，也使一家人对以后的生活更加充满信心，全家上下也主动要求脱贫出列。

2017年的扶贫清退工作中，陈红莲积极要求退出，想为黄石口村扶贫工做出点儿微薄贡献。但村两委干部和驻村工作队多次到家中了解情况，认为陈红莲一家虽然收入有所增加，但因病支出费用较大，可能会导致再次返贫，就仍将陈红莲一家纳入了建档立卡户中。

天有不测风云，陈红莲家中又遭巨变。2018年2月，陈红莲因行动不便再次摔伤，经过长达15天的治疗，伤势缓解，但只能靠轮椅出行。整个治疗过程花费了7万多元，对刚刚改善的生活又是巨大的冲击，但国家一下子给他报销了近4万元。儿子陈军亮因患腋下淋巴脓肿，2018年1月两次住院手术治疗，花费7000多元，国家报销3000多元。2019年4月，妻子邸白丫高血压三级，左颈内动脉系统脑梗死，住院治疗花费之后报销了1万多元。一家人的治疗费用国家给予报销5万多元，大大减轻了陈红莲一家的支出负担。如果没有党和国家的帮助，他们将再次返贫，党的扶贫政策又一次给予了他们温暖。

同时，近两年来孩子上学的学费、保育费、城乡医疗保险等费用，国家为其累计减免了5000多元；光伏、资产收益、公益岗位等年收入有3000多元；儿子陈军亮踏实肯干，被聘为村环保网格员，国家每个月给发近2000元的工资；儿媳张翠玲被村委聘为扶贫公益岗位，乡村及驻村工作队也给予其3000元的误工补贴，村委给她办理了低保，月收入有1860元。陈红莲一家的收入从各个方面都在增加，有效填补了医疗及生活支出，一家人的生活水平没有下降。

脱贫致富不能等靠要，最终还是要自强不息，勤劳致富。儿子身体逐渐恢复后，陈红莲一家经过多次商议，一致决定，要自身想办法致富。2018年下半年，陈军亮和该村的姜宝宝二人合作搞起了肉羊养殖。初次养羊，陈军亮自学养殖技术，到其他养殖户那里学习经验。经验不足信心足，经过努力，2018年，陈军亮靠养殖增加了1万多元的收入。2019年，陈军亮再次养殖了300多头羊，致富的道路越走越宽。

几年来，国家的扶贫政策好，既扶了贫，又扶了智和志，陈红莲一家深受其惠。全家人都说，既要加快脱贫致富的步伐，更要多做社会公益，尤其是村里的工作，只要需要，全家都将竭力协助，努力完成，以报答党和国家对他们的关心和关爱。

邸立伟
——身残志坚勇脱贫

邸立伟，唐县北店头乡北城子村人，1984年11月出生，因先天性嘴部缺陷，同时患小儿麻痹症，被鉴定为二级伤残，于2014年被识别为贫困户。

邸立伟因无法正常进食，自小就体弱多病，无法跟上同龄人的学习进度，小学毕业后就不再上学，在家中休养。他无法参加体力劳动，不能下地务农、外出打工，只能整日无所事事，依靠父母生活。但是随着自己年龄不断增大，看到逐渐堆高的医疗费用清单，看到家里一贫如洗的现状，看到父母额头日益加深的皱纹，邸立伟不断地在心中拷问自己：是否一辈子要依靠父母生活，如果父母老去，自己将如何面对未来生活的压力？如何能改变自身贫困的现状？自己的出路又在何方？

2014年，国家开展扶贫工作，扶贫工作队入驻北城子村，到邸立伟家中走访，了解到他虽然嘴部有缺陷，但是不缺胳膊不缺腿，完全可以通过学习一门技术做到自食其力。为鼓励其自力更生，村两委干部和工作队成员多次到其家中宣传国家扶贫政策，宣扬其他残疾人身残志坚的励志事迹，不断灌输“残疾人要想活得有尊严，必须掌握一技之长，靠本事吃饭”的道理，鼓舞其自力更生的勇气，坚定其争取美好生活的信心。

工作队成员为邸立伟联系了张家口高鑫汽车维修站去当学徒工，学习汽车喷漆技术。邸立伟下定决心，努力克服身体残疾带来的不便，刻苦学习技术，不怕苦，不怕累。在学习的同时，他还帮助同事们做一些力所能及的事情，最终凭借自身的努力，掌握了熟练的技术，赢得老板和同事们的肯定。如今，他已经彻底摆脱了无法就业的困境，有了稳定的收入渠道，现每月有1500元左右的工资收入，同时在外工作的时候，遇到了志同道合的恋人。

随着生活质量不断提高和眼界拓宽，邸立伟又有了新的目标，他计划加盟食品连锁店，加工鸭脖、鸭头，开创自己的事业。他积极与村干部和驻村工作队联系，了解残疾人创业的相关优惠政策，了解申请贫困人员创业贷款所需条件。目前，一切都在有条不紊地按计划进行中，不久的将来，他自己的门市就会开张营业。

2019年春节回家，邸立伟深情地对着自己的母亲说："娘，这么多年来，感谢您对我的养育之恩。今后，在国家扶贫政策的帮助下，我的生活会越来越好，我一定会有一个幸福美满的未来，您就放心吧！"

丁田有
——双手酿造甜蜜生活

“现在的政策真是好，咱们要抓住时机，真干实干，把生活搞红火起来！”说这话的是唐县白合镇东唐梅村贫困户丁田有，他边说边收拾蜂箱，脸上洋溢着笑容。

丁田有现年69岁，与老伴儿一起生活。年轻时的丁田有勤劳能干，从事石材加工，是村里数得着的能人，日子过得有滋有味。但是13年前他突遇飞来横祸——车祸，他失去了左腿，安装了假肢，日子每况愈下。屋漏偏逢连夜雨，2014年，儿子丁英奇又突发脑出血，经过开颅手术后才从死神手中抢救回来，从此留下严重后遗症。这双重的打击让丁田有一蹶不振，整日以泪洗面，抱怨老天的不公平。

2014年，扶贫春风使他“起死回生”。丁田有一家被识别为贫困户，在国家政策的扶持下，在帮扶责任人的鼓励和帮助下，丁田有重新树立了对生活的信心，逐渐走出生活的阴影，致富奔小康的信心十足。他四处奔波寻找脱贫致富的门路，最后，他决定重操旧业——养蜂。

东唐梅村地处山区，每到春夏季节，村庄外荆花、槐花盛开，十分适合养殖蜜蜂。在驻村干部的帮助下，丁田有养起蜜蜂来。由于几年的停业，他各方面都生疏了，加上行动不便，受了不少罪吃了不少苦，饲养的蜜蜂没过多久也死的死飞的飞，损失很多。丁田有说：“当时我焦头烂额的，觉得养蜂这条路走不下去了。”柳暗花明又一村，及时雨来了，帮扶人员积极联系农业技术人员，仔细查明了原因，传授他养殖技术和经验。真是“雪中送炭”啊。在大家的帮助下，他坚定了信念，迎难而上，认真研读养蜂秘籍，养殖水平不断提高，现在蜜蜂熟悉了他，好像和他建立了感情，不仅不会蛰他，还会在他身边飞来飞去。经过几年的发展，他的蜂箱也由起初的三箱发展到六十多箱。随着蜂蜜产量的增加，随之而来的问题是销售，丁田有夫妻俩看着一桶桶金黄透亮的蜂蜜又是喜又是忧。结对帮扶人员在走访中了解情况后，八方宣传，四处联系，为他当起了推销员。当人们知道丁田有家的蜜蜂均是原生态养殖，蜂蜜来自山里的野花，纯天然、无污染，属于绿色食品，于是丁田有的蜂蜜被抢购一空，供不应求。养蜂不仅增加了丁田有的家庭收入，更让他领悟到，蜜蜂辛勤劳动采来蜂蜜，甜蜜生活也需要自己去辛勤奋斗。2017年，丁田有一家光荣脱贫出列。

为改善丁田有家的生活，增加其家庭收入，村里还为他的妻子安排了保洁员公益岗位，这样既可以照料丁田有，同时也增加了他们的家庭收入。丁田有更闲不住了，他说："虽然我腿残疾了，但是我有双手，一定要用双手刨出一个好光景。"现在大家一说起丁田有，都说他这几年像变了一个人一样，腰杆挺直，眼神坚定，讲起养殖蜜蜂来，口若悬河，自信满满，已坦然地走在致富的大道上。

于晨光
——百面锦旗显民心

2018年3月，华北石油通信公司党委副书记、纪委书记、工会主席于晨光带队驻扎北店头乡马庄村，怀着对老区人民的深厚感情和共产党人的强烈责任感，他扎根扶贫一线，推动该村面貌发生了翻天覆地的变化。在全省7700个工作队的考核中，他带领的工作队也成为少有的优秀率100%的队伍。于晨光本人先后获评唐县优秀共产党员、省直优秀驻村第一书记、中国石油天然气集团有限公司优秀党务工作者和“河北好人”“中国好人”等。于晨光和工作队的付出换来群众齐声喝彩，村民们先后制作了100多面锦旗表达对他的敬佩感激之情。

一、摸实底精准识别，人人满意

马庄村有1192户3434人，原来扶贫对象有717户2000多人。面对复杂情况，于晨光驻村后开展的第一项工作，就是组织村委会对贫困户重新筛查识别。为了确保不错退一户、不漏评一人，他和工作队员早出晚归，克服蚊虫叮咬、沟通障碍等困难，“白＋黑”“5＋2”成为常态，一个月也回不了一次家。有的队员家里老人生病了也顾不上，只能抽空打电话询问一下情况；有的放弃职称晋升的机会，坚守扶贫；还有的感冒发烧，晚上挂着吊瓶，白天仍起来坚持走访。通过9次严格细致筛查，最终确定符合条件的脱贫保留对象为85户187人，未脱贫8户21人。从717户扶贫对象到93户真正贫困户，其中的艰辛是大家始料未及的，他们要对前后资料进行梳理对比，要对相关人员苦口婆心做工作，还得顶住一些人的不理解和无理取闹。辛苦的付出，换来的是满意的掌声，最终张榜公示时，村民无一人二言，无一户异议。

二、把政策落实到百姓心坎上

马庄村有不少破烂不堪和几近倒塌的老旧房屋，既不安全，也有碍村容村貌，整治起来千头万绪。群众的困难就是于晨光的工作对象。他带领队员们专门在下雨天查看危房，不顾危险，排查安全隐患，掌握各户危房最翔实的信息。之后，他积极协调县乡政府和派出单位资源，对8户危房进行了改造，对106户老旧房屋进行了烫（吊）房顶、装玻璃、门窗修整、粉刷墙壁等面貌提升，解决了长期以来困扰马庄村百姓的“老大难”问题。贫困户马原春、马献顺等感慨地说：“俺结婚时都没这么好的房子！”“是呀，长这么大，俺没住过这么亮堂的屋子！”于晨光组织村委会按照低保政策要求，对全村村民认真筛查，逐户上门了解情况，本着公平公正的原则，在公开规范的基础上，将生活困难、有大病的85户115人纳入低保兜底范畴，对原来的37户69人低保户进行提档，确保他们的基本生活稳定。与学校紧密合作，于晨光带领工作队对村内义务教育阶段辍学问题进行了5次排查，先后劝返4名辍学学生，全村实现义务教育阶段无辍学学生。他还协助县乡政府对在校贫困学生全面落实“两免一补”“三免一助”和“雨露计划”等各类助学措施，使32户54人享受了教育帮扶政策，实现了贫困学生扶持全覆盖。

三、改善基础设施，旧貌换新颜

马庄村基础设施薄弱，工作队刚来马庄村的时候，很多巷道及田间路都是泥土路，严重影响村民生产生活。于晨光多次协调县乡政府相关部门，推动巷道硬化项目实施，2018年实现硬化巷道8300平方米；协调派出单位出资，将15条田间道路进行修理、平整，共计80000平方米，解决了农产品运输难的问题。所有农户欢欣鼓舞，为工作队连连竖起大拇指。工作队从生活费中挤出经费，对办公场所进行装修布置。于晨光协调县乡政府安装路灯253盏，改变了以往太阳下山就漆黑一片的状况，马庄村从此迎来了“夜明珠”时代。2019年5月底，他又联系北京的帮扶单位来马庄村调研，确定马庄村硬化巷道2.6万平方米、安装路灯150盏、硬化田间路近30万平方米。完工后，马庄村完全实现了道路硬化全覆盖、亮化全覆盖。村里的老人都说："活了七十八岁，眼里终于有了光亮，也有了力量。"工作队积极协调村两委，自出经费雇佣两台钩机、五台农用车，对村内垃圾和道路两旁的杂物进行清理，并设立垃圾投放站点约50个，聘用贫困户组建清扫队，清理垃圾和维护村中日常环境，彻底改变了垃圾遍地的旧面貌。

四、心系群众，热情服务暖民心

马庄村贫困户有很大一部分是上年纪的孤寡老人，申请各项政策填写大量表格面临困难。于晨光组织工作队员实施"爱心代办"工程，主动为他们认真填写，帮助他们复印各类证件上万页，"一站式"服务极大地方便了群众。他们坚持从小事做起，定期上门帮助村里孤寡老人打扫卫生，照料他们生活起居，通过下水泵、接水管等方式解决6户贫困户饮水问题。还组织开展"冬季送温暖"活动，联系爱心人士捐赠1000多件过冬衣物、棉被，挨家挨户送到贫困户手中，在寒冷的冬天让他们感受到党的关怀和温暖。群众利益无小事，为民服务不容懈怠。2018年7月6日，村民马玉广的孩子马许洋在自家房顶上玩耍时意外坠落。于晨光得知后，立即派车将孩子送到唐县人民医院。医生诊断为颅脑重度损伤，紧急转至北京的医院，经专家会诊，认为已无法抢救。这里工作队似乎已尽到了义务。可是，责任和良心使他无法眼睁睁地看着孩子死去，力主对孩子做最后的抢救。于晨光一面说服孩子父亲，一面央求唐县人民医院尽一切努力救治孩子。经过一个星期的抢救，孩子奇迹般的救活了！为解决马玉广经济拮据之忧，于晨光又及时在网络上组织了"水滴筹"，为其募得5万余元捐款，同时按政策要求使其享受了贫困户政策。如今提起这事，马玉广夫妇俩和家里老人仍然感动得热泪盈眶。

五、发展产业，增加贫困群众收入

针对马庄村手工业主要以小型手工作坊为主，规模小、效益低等问题，于晨光积极协调招商引资，在村内建成了一座600平方米的规模化、现代化的扶贫车间，解决了100多人的就业问题。车间年租金收入达7万元，每年可为每个贫困户人均分红约300元。于晨光协调县乡政府建设村级光伏电站项目，年收益10万元，每年可为每名贫困户分红300—500元。此外，他还多次邀请北京的农业技术公司来马庄村参观调研，结合马庄村现有农业结构特点，进行合理规划，使马庄村的农业生产逐步向现代化、智能化转型，将马庄村打造成为乡村振兴试点村。于晨光通过深入调研发现，马庄村贫困户致贫主要原因是缺少劳动力、疾病和残疾，致使耕地无人种植，无法产生收益。针对这一特点，他带领村两委制定了流转闲置土地、调整农业产业结构的扶贫思路，在村西流转了30亩贫困户闲置土地，修建了以发展经济作物种植、生态养殖为一体的多元化农业生态园，使农民成为享有“租金、股金、薪金”的“三金”农民。生态产业园已种下13亩桃树、4亩葡萄树和20亩的花生，养殖了200多只鸡，为6户贫困户解决了闲置土地并增加了收入，还为贫困户中的15人解决了就业难题。于晨光通过走访，了解到很多贫困户和村民都有创业致富意愿，但是苦于没有启动资金。工作队通过扶贫办联系唐县汇泽村镇银行，在马庄村成立了“金融扶贫工作站”，并派工作人员入驻马庄村现场办公。其间，工作队员与银行人员对马庄村建档立卡的93户贫困户资料进行了详细的整理筛选，对于符合政策要求的逐户调查走访，着重摸清贫困户的家庭状况、成员情况及金融需求，最终帮助12户贫困户办理了政府贴息贷款，为42名从事种养殖、手工业的村民成功放贷，总额290余万元。

六、千方百计帮助村民就业增收

驻村以来，于晨光带领工作队对村内各类工业企业进行了多次调研，与有社会责任心的企业负责人沟通，介绍有劳动能力的贫困户到工厂就业。远东喷泉厂2018年就解决了12名贫困户的就业问题，还资助39名贫困学生每人每年500元学习费用，获得了“扶贫济困企业”的称号；太行喷泉厂给5名年老贫困户安排了就业岗位，解决了贫困老人无收入来源的问题；马庄东星砖厂雇佣贫困户人数占员工总数的三分之二，是工作队重点引导而获成功的扶贫企业。他们还积极与县就业局对接，联系北京博爱劳务公司到马庄村举办招聘会，为马庄村民提供首都新机场司机、保洁员等多种就业岗位，已有30多名村民与用人单位达成初步协议。马庄村养殖户较多，其中养羊户就有150多户。但是，大部分养殖户养殖水平较低，牲畜死亡情况时有发生，有的辛苦一年还会赔钱。为了弥补这一短板，于晨光联系唐县劳动局多次来马庄村，对村民进行系统的理论培训和现场授课。村民们踊跃参加，共计参培300余人次。工作队还携手保定卓越技工学校，在马庄村免费进行25天的育婴家政培训，参加学习的村民有43人，其中32人获得了技能证书，有效提升了村民就业和创业能力。于晨光主动与唐县电商服务中心接洽，成功地举办了电商培训活动，参加人数多达65人，其中贫困户35人，“魔豆妈妈”电商平台报名人数15人。此外，电商中心当场授权一名贫困户“唐尧优品”驻村电商代表资格。工作队还联络县电商服务平台，利用“唐尧山下”区域品牌，推广马庄小米、红薯等特色农产品，最大限度为村民拓展致富途径。为促进贫困户就业增收，工作队为49名有劳动能力的贫困户申请了公益岗位，包括43名保洁员和6名防火员。公益岗位的工作量不多，收入还不少，既能挣钱又能照顾家庭，为贫困户稳定脱贫创造了条件。

七、舍己为人，彰显高尚品德

于晨光认为，扶贫是国家大事，是党领导人民进行的一场伟大斗争，能投身这一人民的伟大事业，是重托，更是责任。为了扶贫事业，“白+黑”“5+2”成为他的常态。他一脚双尘转全村，心里全是贫困人，却唯独冷落了家里人。于晨光的双亲都已80多岁，弟弟患严重脑梗等重大疾病，妻子也曾因脑梗住院，岳母又因摔断腿住院，他非但不能顾及、服侍尽孝，还先后向妻子要走家里的4万元为百姓办实事。他还自掏腰包5000余元给25户贫困户办理了医疗证。大年三十，为了给村里的孤寡老人送去温暖和祝福，于春光买了春联，亲自给这些孤寡老人贴上。大年初一，于春光还去探望了长期卧病在床的周建彬，与其一起包饺子。驻村期间，于春光为贫困户马民生联系了金融贷款，还时常看望医院中的马占收等5人。2018年9月，又到一年秋收季节，考虑到部分贫困村民家中没有壮劳力，于晨光组织队员主动抽出时间帮助他们抢收玉米，经常是干完一家没有休息马上又奔向另一家。之前没有干过农活的队员，腰背疼得厉害，但他们整整坚持了半个多月，没有一名队员退缩。2019年7月底，唐县遇到了几年来最大的暴雨，工作队周末放弃休息，24小时待命，组织应急值班，加强引洪分流。于晨光带领队员冒雨对老旧房屋进行了全面排查，连续三天奋战在抗洪救灾一线。他深入村南现场，了解水灾动态，自费出资加固防护堤和为村民修缮排水渠，保护养殖户20余户，避免15000多只羊被洪水冲走。

王凯
——倾情为民的好“六员”

王凯自2017年3月任省委政研室、省委改革办驻唐县齐家佐乡三道岗村第一书记、工作队队长。驻村以来，他带领驻村工作队和村两委干部一起，先后争取实施了产业路、扶贫车间、农田灌溉、饮水安全、村党群活动中心、村级光伏电站、村内道路硬化、文化广场、卫生室等十几个项目，两年来投资近600万元，使三道岗村的基础设施和村容村貌有了彻底改观；在此基础上，王凯带领村民大力发展箱包加工、林果种植、畜牧养殖、蔬菜种植四大产业，农民收入特别是贫困户收入有了大幅度提升，彻底解决了行路难、饮水难、用电难、增收难等诸多难题。同时，王凯坚持深入群众、服务群众。任职期间，王凯为群众办实事、办好事几十余件，深受乡村干部群众好评。他带领工作队做脱贫攻坚战斗员、服务员、帮办员、裁判员、监督员、指导员的做法，《河北经济日报》《保定日报》和河北电视台、唐县电视台以及搜狐、新浪等媒体予以宣传报道。此外，工作队还被评为省级优秀工作队。

一、坚持严格驻村，做好脱贫攻坚的战斗员

为确保工作时间，王凯带领全体工作队员克服父母、爱人、子女需要照料等实际困难，坚持严格驻村。有时周六下午回趟家，周日早晨又匆匆返回。为节省经费，他和工作队员一起坚持坐火车、长途车往返。为保证工作时间，工作队员严格执行打卡请销假制度。驻村以来，全体工作队员每人每月的驻村工作时间都在25天以上，并且工作较忙的几个月，甚至整月都没有休息。其中一名驻村工作队员为了不耽误工作，冒着危险在村卫生室做了手术。王凯及其队友扎实的工作作风受到县、乡、村特别是三道岗村群众的一致好评。他们居住

的小院每天都有村民来，有的咨询政策，有的来拉家常。蔬菜旺季时，经常有村民给工作队送来自己种的黄瓜、豆角和茄子。

二、坚持深入群众，做好脱贫攻坚的服务员

一是菜单服务。王凯亲自带领贫困户到县扶贫局等单位，直接对接现场解决政策上的难题。他带领贫困户到县邮储银行，解决食用菌、牛羊养殖户贷款问题，又直接找到县供电局等单位，帮助协调解决养殖户和食用菌大棚用水用电等问题。为解决食用菌、苹果等农产品的销路问题，他还积极争取到农产品进驻石家庄、太原大超市的机会，通过电商为村民销售农产品。

二是义务服务。村土地确权时，全村所有群众都需要复印相关证件、填写资料。王凯带领工作队员积极帮助他们填写资料，复印身份证、户口本，特别是一些在外地的村民，身份证不在家，工作队员就加了他们的微信，帮助其打印资料，义务给全村150多户群众提供了帮助。微信成了宣传政策的有效阵地，很多事情达到事半功倍的效果。

三是精准服务。王凯了解到有些老年人听力不好、行动不便，他积极与相关部门联系，争取到价值6万元的助残设备。当了解到村内两个病人看病难时，他第一时间联系中国人民解放军总医院博士及冀中能源邢矿集团总医院骨科专家，通过手机开展远程会诊，及时为困难群众解决了就医问题，节省了大量医疗费用。此外，王凯了解到村内低保户的苹果出现滞销问题，他及时通过朋友圈向亲朋好友推销苹果，仅去年春节前就义务销售苹果近万元。

四是真心服务。王凯了解到村内众多群众对电商不了解，他主动联系唐县电商办，在唐县第一个开展了电商进村精准扶贫活动，共帮扶贫困户70人次、创业培训45人、义诊20人次、就业岗位登记30人、农副产品登记9家，新建电商服务平台1个。根据唐县等山区贫困县的情况，他还撰写了调研报告，对山区贫困县的扶持政策提出了建议，还邀请省心连心艺术团来村演出，宣传党的扶贫政策，在山村引起了轰动。

三、坚持多跑多动，做好脱贫攻坚的帮办员

一是帮助协调部门关系。在乡镇的配合下，王凯带领工作队先后争跑了产业路、扶贫车间、饮水管网等项目。村、乡、县三点一线是他的日常状态，最多的一天，他曾经跑过扶贫局、交通局、城建局、水利局、民政局、电力局、农业局、发改局、县委办、政府办等10多个部门，咨询相关政策，协调项目落地，往返县城与驻村五六趟。

二是帮助协办具体事务。如扶贫车间项目，王凯反反复复与承租方沟通，克服无数困难，终于提前签订租赁协议。从图纸设计开始，他坚持实地勘察场地，听取设计部门建议并反复沟通，终于使设计图纸让村委会、承租方双方满意。在42万元的产业路项目帮办过程中，他做到了全程帮办，特别是在项目实施过程中，乡里、村里遇到棘手的矛盾纠纷，严重影响项目进度时，他挺身而出，及时化解矛盾。

三是帮助解决棘手问题。如因原材料涨价，扶贫项目一度搁浅，王凯在极短的时间内多次与设计单位、审计部门、会计师事务所沟通，往返四五十趟，六次变更图纸，六次变更预算，终于将预算控制在了可控可实施的范围内。

四是帮助加快项目进度。如扶贫车间项目，为了赶在国庆假期前将扶贫项目审计报告拿到，争取在入冬前竣工，王凯带着图纸、预算书多次往返保定市的会计师事务所与驻村，时间精确到以10分钟为单位。很多时候，回到村里已是凌晨。

四、坚持严把标准，做好脱贫攻坚的裁判员

2017年的建档立卡贫困户回头看工作，王凯带领工作队连续驻村，没有节假日，连续两个月加班加点到深夜。

一是坚持培训到位。多次组织召开乡包村干部、村两委干部、村民代表、驻村工作队参加培训动员会议，对贫困户回头看识别标准和相关政策进行解读，使工作人员全面深入地掌握了政策。

二是坚持宣传到位。王凯亲自录制了宣传提纲，通过大喇叭反复播放、反

复宣讲，还印制了“明白纸”，一方面在村内公开栏内张贴，一方面组织村两委干部分组入户，逐门逐户发放，对于不在家的群众，逐个打电话通知，做到了全村160多户群众一户不漏，政策家喻户晓。

三是坚持入户到位。对全村每户的家庭基本情况进行了解，房屋、家电、农机具、牲畜等大件拍照留存，并逐户填写家庭情况、住房、收入等调查表。他拍摄了10000多张照片，每家每户的基本情况都建册登记，随时可查。

四是坚持评议到位。王凯组织召开了由乡包村干部、村两委干部、村民代表、驻村工作队参加的建档立卡贫困户回头看民主评议会议并全程录像。为了做到不漏不遗，他对全村群众一户不落的逐户评议。同时，对村内的危房户、低保户、五保户进行同步识别。

五是坚持解释到位。面对群众最初的不理解，他逐户进行宣讲解释，群众对于此项工作逐渐认可，一些想通过当贫困户不劳而获的农户也心服口服。县扶贫办组织了20多人的验收小组对村子进行了“解剖”，结果与村里识别出的贫困户一致，群众满意度较高。

五、坚持全程监督，做好扶贫项目的监督员

对村内的所有扶贫项目，从项目设计到施工验收，王凯都切实做到全程监督，确保项目工程质量，确保扶贫资金不跑冒滴漏。

一是亲自监督。由于各个项目专业性非常强，他主动加强自身业务学习，迅速补充专业知识，工作队坚持每个项目必须亲自到现场进行实测，对各类建材的标号一一核查，对照图纸和施工进度，坚持每天必到现场，同步监督。

二是群众监督。建立和完善村脱贫攻坚项目库，项目选择充分尊重贫困群众意愿，让所有贫困群众在项目决策前都有充分的知情权，确保每一个项目都能为贫困群众带来收益。扶贫项目安排和资金使用结果全部公告公示，全方位接受群众和社会监督。同时，对施工质量主动邀请群众进行监督。

三是专业监督。他主动邀请交通、土建、水务等领域的相关专业技术人员

定期到项目一线进行检查，实地察看各类项目工程进度，严格掌握扶贫项目、工程、资金动态情况。

四是邀请监督。邀请纪检、审计、财政等职能部门，对扶贫资金的核发、使用和管理情况进行全时段监管，构建扶贫项目的事前、事中、事后监管体系，确保扶贫项目和资金完全在阳光下运行。

六、坚持严格管理，做好基层党建的指导员

在王凯的带领下，三道岗村由一个长期不稳定的乱村，逐步转变成远近闻名的小康村。

一是狠抓村两委班子建设。他切实发挥第一书记职责，在精心选配村支部班子的基础上，配强村两委班子。圆满完成村支部换届选举，村委会换届选举有序进行。

二是狠抓村级党员队伍建设。他把推进“两学一做”学习教育常态化、制度化作为驻村工作的一项重要内容。抓结合：坚持与推进村内各项工作相结合，与推进脱贫攻坚任务相结合，以村党支部“三会一课”等基本制度为重点，坚持融入日常、抓在经常，防止形式主义，防止“两张皮”。抓分类：根据村内党员的具体情况，体现具体化、精准化、差异化，充分调动党支部积极性、主动性、创造性。抓经常：在学习方式上不拘一格，讲党课的内容紧密围绕“两学一做”和十九大精神，以学习贯彻党的十九大精神为主题的党课就亲自讲授4次。抓创新：注重发挥手机、电视、报纸、电脑等各类载体的作用，组织全体党员认真学习十九大精神，学习习近平总书记系列重要讲话精神，学习扶贫政策理论。

三是狠抓村级阵地建设。多方争取，聚沙成塔，他尽最大努力为村里建起了建筑面积300多平方米的党群活动中心，配齐了党员活动室、农家书屋、文化广场等场所设施，购买了电教设备，建起了五星级便民服务室。建立健全村规民约、红白理事会、孝老爱亲等制度20多个。建立了村干部帮办值班制度，使党群活动中心真正成为党员群众之家。

刘中文
——一把吉他弹唱无悔青春

“我年前还来看过他们一家，这人说没就没了。”刚刚解除自我隔离的刘中文像疫情以前一样，一起床就到村里转悠。听说村里70来岁的高大叔突发疾病去世，他惋惜不已。

2019年年三十，刘中文才从村里匆匆赶回北京和家人团聚。春节期间，由于疫情形势严峻，他被困在北京，心急如焚。他动用一切资源，一面帮助湖北老家联系防护物资，一面为村里解决了口罩、消毒液等防护物资紧缺难题。疫情还在严峻之时他就跑回村里工作，用他的话说就是“放心不下”。回头一看，刘中文作为中共中央党史和文献研究院机关干部被派到河北唐县齐家佐乡史家佐村当第一书记已经快两年了。

一、“80后”第一书记，保住了省级非遗扶贫产业

初入史家佐村，刘中文遇到的挑战不小。

“你别问了，问了你也管不了这事。”村民高月星面对这个初来乍到的小伙子一脸不耐烦。

唐县是我国北方著名的建筑之乡，尤其以古建的修建和彩绘而闻名。村支部书记杜红兴是古建砖瓦烧制技艺传承人，到他这辈已经是第五代了。他告诉记者，早年间史家佐村一大半的劳动力都在进行古建砖瓦的生产工作，收入不低。2014年，由于传统烧制方式造成较大污染，多家烧制厂被关停了。

村民高月星给记者算了笔账，现在不能在本地烧制，去外地烧制的话，来回运输费、人工费等费用加一起，一块砖的成本就要从以前的2元变成3.5元。

成本上升，销路自然变窄，村民的收入也就变低，很多人因此放弃了这一行。

这一切，刘中文看在眼里，急在心里。

了解情况后，刘中文查阅了大量的资料，那段时间几乎天天往厂子跑，和几个古建砖瓦厂厂长来回探讨如何在保护环境的基础上，恢复本地生产。

经过调研，刘中文发现问题主要有两个：一是砖的原材料是一种叫黏土的不可再生资源，十分稀缺；二是以前用煤烧制污染太大。明白症结所在，多人讨论的结果是通过建筑渣土或者页岩代替黏土，燃料方面利用罐装天然气或其他清洁能源取代煤窑烧制。

刘中文开始行动。他和村支部书记杜红兴向上级申请建设保定市保护性生产示范基地，同时在中共中央党史和文献研究院挂职副县长郝云昌的大力推荐下，齐家佐乡古建砖瓦制作技艺在2020年底获批省级非物质文化遗产。

虽然暂时还没能实现本地生产古建砖瓦，但刘中文的努力村民看在心里。“我这个厂子就是刘中文帮忙跑办的，现在生产模式是将一些废料经过加工产出清洁能源代替煤，可用于村民生产生活，未来也可用于古建砖瓦的烧制。”唐县恒旺利新能源开发有限公司法人代表高月亮表示，之前对于本地烧制古建砖瓦这件事想都不敢想，是在刘中文的引导和努力下，现在看到了希望。

“如能顺利获批生产示范基地，就能让古建砖瓦这门传统技艺恢复活力，对村民就业、增收、致富有很大促进作用。”刘中文说。

这是刘中文扶贫工作的一个缩影。记者在村里走访一圈，“实诚”“认真”“办好事”几个词语高频出现。

在刘中文的努力下，村集体办起了扶贫车间，建起了养殖大棚，村里由他刚来时的24户未脱贫，只剩下7户18人。2019年6月，全村消除绝对贫困。

除此之外，刘中文原单位在村里投入了300多万元，实施了引水上山工程，硬化了田间道路，修缮了县级文物清代古戏楼，帮助村卫生室添加了检查和取暖设备，帮助小学建起了微机室和水塔，同时给村里配备了垃圾清运车、垃圾桶、抽粪车等，修整了南河槽，加宽加固了村内河沟桥，这一切极大改善了史家佐村的人居环境。

二、手里弹唱的吉他，牵挂着西柏坡的娃

记者来到村委会大楼，刘中文就住在这里。他的房间在二楼，屋子不大，一张桌子、一个沙发、一张床，把整个屋子挤得满满当当。唯一与众不同的就是床上放着把吉他。

“这把吉他是我在西柏坡支教时买的，那可能是我人生中最快乐的时光。”刘中文的思绪被拉回到三年前。

2017年，单位要派人前往西柏坡支教，并且有年龄限制，不能超过35岁。领导问了他，他说去。“我想了想，自己当时快34了，错过这个机会就不会再有了。”刘中文说道。

在西柏坡，他白天教课、晚上唱歌，像是回到了22岁那年，那时他刚刚大学毕业，在贵州毕节山区支教。

李小雪是刘中文班上成绩数一数二的学生，但由于性格内向，朋友不多。刘中文了解到她家里条件不好，自身总有自卑心态。为此，他又化身音乐老师，经常给小雪唱歌，慢慢地，小雪的心扉被打开了。

在西柏坡，刘中文给孩子们承诺，谁考上重点高中，就能免费去北京玩一圈。一年之后，刘中文兑现承诺，14个孩子第一次到了北京。

回想起在西柏坡支教的经历，刘中文感慨这一年是他和音乐最紧密的一年。“当时安排说要创作两首民谣教给孩子们，然后队长范龙山作词我作曲，两首歌就这么成了。”听着孩子们唱着自己作的歌，刘中文无比自豪。

在学生们眼里，刘中文和他们遇到的老师不一样，他就像邻家大哥，总是能和学生们打成一片。

三、从贵州到北京，13年的公务员，吃的多是农家饭

刘中文的经历十分丰富，湖北出生，贵州读大学，考上公务员后的13年

里，他分别在3个省份的8个单位工作过。有人说他不踏实，有人却很羡慕他。

吃上“公家饭”的前7年时间，他先后在贵州省六盘水市水城区乐化镇、六盘水市委组织部、六盘水市水城区计生局、六盘水市人社局工作。“我这个人没什么太大的抱负，就是想趁着年轻可以多经历、多走走，服从组织安排吧。”7年时间换了四个地，还全是在基层，刘中文却没有一点怨言。

2010年，刘中文和妻子的第一个孩子出生了，他们也在水城区买了房。领导考虑到他家里实际困难，就让他先在水城区计生局借调工作，工作地点距离他家不到一公里。这也是他照顾家最长的一段时间。

“我工作的目的性不强，不过在有些拐点上比较‘轴’。”大学毕业后，刘中文在贵州多个地区支教加工作了8年。随后，拐点出现了。

2014年的秋天，他通过中组部遴选考试，被中共中央编译局录取。高兴之余，诸多困难接踵而至。当时的他整整30岁，孩子才4岁，家里过得不富裕。这样的情况还要去北京租房子重新开始吗？家里人都不同意，认为好不容易在贵州买了房安定下来，就不要乱跑了。

可是，刘中文鬼使神差地“轴”了起来，最后，他在妻子的支持下到了北京。刚到北京没多久，他又被单位选派到唐县史家佐村驻村扶贫。

交谈中记者明显能感受到，刘中文做工作不是应付差事，而是带着热情且不知疲倦。“我本来就是农村的，且一直都是在基层工作，对这些事比较熟悉，也很有感情。”在刘中文的眼里，经历要比金钱和名利重要得多。

四、愧对家人，无愧青春

谈起除了工作以外的事，刘中文说他爱唱歌。

“那一年的那一天，来到这唐县。满眼的绿色田野，初来乍到的夏天。”这是他根据自己在唐县的扶贫经历改编的一首歌曲——《史家佐的康庄大道》。

歌词中写道：“北京很大，山村很小，谁不想在家陪妻儿老小。青春易逝，红颜易老，每天在山沟里移动双脚。”刘中文说，每每唱到这里，他都会因为对家人的愧疚而难受。

“想家，真的想家。夜深人静的时候，总会感觉亏欠家里太多。”由于长时间不能回家，刘中文经常和家人视频，在视频时他会给两个孩子弹吉他唱歌。而孩子们问他什么时候能回家时，他总是不知所措。

让刘中文感到欣慰的是，他认为35岁是青年的终结点，以一次扶贫经历结束自己的青年时代，在他心里很有意义。“虽然有愧于孩子，但当未来我给他们说起这段历史，我可以很自豪地说，你们的爸爸参加过伟大的脱贫攻坚工作。”刘中文说，这样想对自己也是一种告慰。

2020年是全面建成小康社会的决胜之年，距离宣布全面脱贫的期限越来越近，这给了刘中文不小的压力。他说：“创作这首《史家佐的康庄大道》是给自己解压，更重要的是想激励自己。”

另外，刘中文还想借这个机会，把这首歌分享给更多的全国一线扶贫干部。希望大家一道克服困难，把驻村的工作任务完成好，争取早日实现全面脱贫的目标。正如歌词里面唱的：“我们还在同一道，为了明天会更好，小康路上一个也不能少。”

记者手记：与刘中文接触时间并不长，但通过交谈，记者能深刻地感受到基层干部背后的艰辛。在当前社会高质量发展的背后，有谁知道他们在夜深人静时承受了多少异乡漂泊的孤独。在全面建成小康社会之时，我们不能忘记，曾经有这样一群人，他们忙碌在各个乡镇和农村，他们在幽幽山谷里奉献自己的青春……无论严寒，还是酷暑，他们都兢兢业业，恪尽职守。他们默默奉献，为社会主义建设书写着绚丽多姿的精彩篇章！

赵全来
——致富不忘乡亲

赵全来是保定中达铸造有限公司总经理。在不断实现经济效益的同时，赵全来不忘承担社会责任，积极响应党和政府以脱贫攻坚为总揽的政策方针，投身于各项公益扶贫的事业当中。

做民心工程，树公益典范。赵全来关注着村民的文化生活。随着村民经济生活水平的不断提升，跳广场舞、交际舞和滑旱冰、打太极等越来越多的文体活动随之出现，场地受限成了最大问题。2017年，赵全来出资建设生活广场，占地面积11.46亩，硬化地面，增添各种健身设施，增设篮球架、网球架，架设乡村舞台。2018年，他再次投资30万元在广场建设了一座音乐喷泉，让村民在茶余饭后有了一个休闲娱乐的场所。村民们欢快的笑脸就是赵全来扶贫公益事业最好成效的见证。

作为王京镇乃至唐县铸造业的企业带头人，赵全来的扶贫公益事业也越做越广。青年一代有理想、有本领、有担当，国家就有前途，民族就有希望。“只要一个成功的企业家始终拥有一颗真诚的爱心与一份博大的胸怀，给寒门学子们带来物质和精神上的双重鼓励并非难事。”作为唐县扶贫公益事业的排头兵，赵全来对此深信不疑。事实上，因为对贫困公益事业的情有独钟，才有他一次次对贫困人群的爱心帮扶。2017年1月，唐县民营企业家联合会在唐县教育局举行扶贫助教捐赠，赵全来捐赠20万元，帮扶100名高中贫困学生、100名困难中小学教师和260个贫困户，改善了他们的生活和学习条件。2017年2月，镇党委、镇团委针对贫困学生发起捐款，赵全来再次捐赠1.5万元，支持贫困学子完成学业。同年3月，为了响应国家精准扶贫号召，中达铸造作为唐县北店头乡北店头村的结对帮扶企业，与北店头村委会多次进行沟通，捐赠了3000元用以购买日用品等生活慰问品，同时承诺优先安排村内贫困劳动力到公司工作，保障和提升了贫困户的家庭收入。

凝心谋保障，聚力助脱贫。“企业小的时候是自己的，企业大了，就是社会的。回报社会是一个企业、一个企业家应有的胸襟。”凭借这份胸襟，多年来在广大群众的眼里，赵全来是一位情系家乡的慈善家；在诸多同仁眼里，他又是一位名副其实的实干家。

2018年5月，心系脱贫攻坚的赵全来，为了给唐县“脱贫摘帽”多做一份保障，只身前往最偏远的山区，经过多方面考察，捐助石门乡扶贫资金1万元，用于提升工作队办公条件和开展帮扶慰问。2018年7月，经过与黄石口乡唐河西村扶贫工作队和村干部多次走访沟通，中达铸造捐献21.026万元帮助唐河西村修建基础设施（排水沟修建，进村主路及进村广场修建硬化处理），并吸纳村内贫困劳动力10余名，为贫困人口创产增收提供了坚实保障。2018年10月，中达铸造对唐县大洋乡、黄石口乡、齐家佐乡先后捐助了共计50万元，进一步巩固了各乡镇扶贫迎检的工作基础，也为乡村两级干部增强了“摘帽”攻坚战的必胜信念。

在河北省扶贫开发成效考核开展之际，中达铸造向驻地王京镇党委政府捐赠20万元。王京镇地处唐县最南端，是考核组必经之地。河北省对于王京镇考核的结果决定着“摘帽”攻坚战的胜负。在紧张开展迎检之际，20万元作为锦上添花的绣球，将18个行政村的村容村貌、户容户貌完成了一次彻底的焕新。整洁的街道、干净的院落，辅助王京镇顺利通过考核。这是一个企业积极响应党和政府号召，凝心聚力实现自身社会价值的最好体现。

自赵全来成立保定中达铸造有限公司至今已有19个年头。在建设和谐社会、实现共建共享目标的今天，企业人更要回报社会，为扶贫事业尽一份爱心。扶贫公益路上，赵全来的背影愈发坚定，脚步更加有力。敢于做先锋，而不做过客，不当看客。扎实干事，踏实做人，实字当头，以干为先，把自己的梦想融入伟大的中国梦中，让自己的年华在脱贫攻坚事业中焕发出绚丽光彩。

李建忠

——不忘初心助脱贫

李建忠是河北银浪棉业有限公司总经理。他创办的河北银浪棉业有限公司，注册资金已达8000万。李建忠曾荣获唐县政协优秀政协委员、唐县劳动模范、保定市劳动模范等荣誉称号。近年来，李建忠以各种方式回报社会。在唐县精准扶贫行动中，他敢担当、勇作为，实现着自己的人生价值，用热血谱写了一曲曲动人之歌。

公司成立以来，李建忠就已将“创业”和“扶贫”紧紧地联系在一起。作为省龙头企业，银浪棉业正在努力帮助乡亲们脱贫致富。李建忠利用公司优势，免费给棉农发放种子、化肥，免费培训种植技术，以高于市场的价格收购棉农的籽棉，让广大棉农增加收益。自李建忠创办公司以来，先后帮助公司30多名困难员工，前后为他们累计捐赠10多万元；2007年为长古城镇田家庄村修路捐款1万元；2006年和2009年分别为北罗镇东胜庄村、长古城镇东足里村患白血病的儿童各捐款0.5万元；2008年12月为汶川地震捐款7.5万元；2009年开始捐助陈浩波、李栋等五名贫困大学生，包揽了5名贫困大学生四年学费及部分生活费，共计捐资12万多元；2016年为唐县贫困学生、贫困教师捐资10万元；2016年为田家庄村贫困户捐款0.5万元；2017年为唐县军城镇白血病患者捐款10万元；2017年底为迷城乡五保户送去春节慰问品；2018年7月为贫困乡石门乡提供帮扶资金1万元；2018年9月提供大洋乡帮扶资金5万元；2018年为田家庄修路捐资50多万元。自公司成立以来，已累计为社会捐款捐物110多万元。2015年9月，中共唐县县委、唐县政府授予公司“捐资助教先进单位”称号。2017年2月，中共唐县县委、唐县政府授予公司“捐资助教、扶贫济困先进单位”称号。李建忠用实际行动践行了对社会的责任，为公益扶贫事业贡献了自己的力量。

根据唐县“百企帮百村”整体部署，公司对接唐县羊角乡贫困村马庄尔村。公司成立了以总经理李建忠为组长的对接领导小组，制定对接扶贫方案，积极开展帮扶工作。2018年4月，公司走访马庄尔村贫困户并送去价值1万元的慰问品。2018年11月，公司给马庄尔村送去2万元帮扶金。为了助力马庄尔村脱贫攻坚，变“输血”为“造血”，公司研究决定，增加就业岗位，对马庄尔村进行就业扶贫，无条件接受马庄尔村有劳动能力的贫困人口到公司就业。

公司于2017年开始参与金融扶贫项目，投入资金3316.3万元，共带动1790户贫困户，总计增加收益189.4万元。其中通过企业贷款用于生产和贫困户分红的方法，255户贫困户户增收入3000元。此外，公司进一步落实唐县2019年京冀扶贫协作项目，进行资产收益扶贫。该项目的实施共带动1535户贫困户，合计收益112.9万元。

贾金凤
——电商开通山村致富路

贾金凤是唐县信达贸易有限公司董事长和实际领导者，是母婴类网络品牌“龙之涵”的缔造者，从事网络电子平台销售工作。其公司主要生产销售婴幼儿用品及床上用品，在天猫、淘宝、京东、苏宁、一号店、当当、美团、蜜芽网、贝贝网、麦乐购等共计13家网络平台开有自家店铺。

2012年，贾金凤在自己的老家唐县军城镇水峪口村开设了第一家生产工厂。随着生产发展，现在在唐县的两家工厂，在册农村劳动妇女（男性不计）已达146人。另外，生产婴幼儿用品所用的棉花内胆需要中老年妇女手工缝制，每年到夏末，工厂都会将内胆大量发放到上下临村。2015年，所发放的棉花内胆、手工婴儿棉衣已经波及22个村子，涉及中老年妇女440多人。在水峪口村有一位年逾70的老大娘，在2015年中秋节后至过年这一段时间里，依靠手工缝制，共结算工资13240元，这还不是获得工资最高的。在2016年全年，贾金凤所创造的“龙之涵”品牌，在天猫婴幼儿睡袋这一类目下，第三、第四两季度蝉联全天猫第一名。床品系列，四个季度全部在前五名之内。2017年，“龙之涵”旗下的婴幼儿睡袋，在全天猫、淘宝、京东这些大的电商平台，每个月销售都是位居第一名。

综合近两年的销售成果看，2016年，“龙之涵”销售额达到5800万元人民币，2017年则更上一层楼，一举突破销售额6000万元瓶颈，仅11月11日“双十一”大促活动中，单日销售就突破500万元，创企业创办以来单日最好销量。2016年、2017年两年时间，“龙之涵”企业带动附近村庄村民就业超过600人，其中90%以上都是村里留守妇女，老年妇女占比超过50%。在薪酬方面，从财务报表上看，公司给生产部门（不含石家庄销售部），即军城镇水峪口村和齐家佐乡北洪城村两个贫困村所在的工厂及附近缝制工人发放工资总计超过330万元。用员工的一句话说就是："有事儿干了，没有打麻将时间了；年长的婆婆自己也能挣钱，在儿媳面前硬气了。"2016年，县委、县政府脱贫攻坚任务下达后，县市领导曾到生产工厂视察，高兴地称赞了这种回乡创业的先进事例，高度评价了公司在扶贫任务还没有下达时便已把工作都做到位了的责任之举。

2015年，县委、县政府包村扶贫任务下达以后，贾金凤积极响应政府号召，首先在两个生产工厂提出在册贫困户优先录用原则，其做法就是在岗位选人的时候，在册贫困户优先录用。同时针对不同年龄段的贫困户、不同身体状况的贫困户、不同技能特长的贫困户提出开岗、加岗及全方位技能培训。有的贫困户年老体弱，不能胜任工厂的生产任务，工厂便新设晚岗看守及夜间巡逻看更等职，使他们在外围也能得到一份工作。还有贫困户晚上需照看病人，无法从事夜间工作，工厂特别把厂区内的卫生清扫由各小组轮流值日调离出来，由贫困户来负责各个车间的卫生。还有贫困户身体状况良好，但没有技能特长，为此工厂特别从各个生产车间抽调技能扎实的员工，在日常工作之余，加班成立技能培训小组，根据贫困户的意愿，可以任意在厂区的缝纫车间、熨烫车间、绗缝车间、梳棉车间、打包车间及电脑操控台选择一种或者几种技能学习，只要掌握了技能即可上岗。如今这种技能培训在工厂已经成为常态，全年循环无间断培训。

除了手工业就业帮扶脱贫以外，贾金凤在县委、县政府、扶贫办及工商联的指导下，积极配合县政府金融脱贫。2016年，作为全县第一个试点，贾金凤旗下的信达贸易有限公司和县扶贫办及汇泽村镇银行合作，由公司为水峪口村22户贫困户作担保，每户贷款50000元人民币。贫困户以入股方式参股公司生产经营，定额每年给贫困户3000元分红。仅此一项，即完成对水峪口村90%以上在册贫困户的脱贫任务，得到县领导的高度认可。

贾春雷
——生态扶贫引路人

1984年出生的贾春雷是唐县羊角乡僧贯村土生土长的农民。熟悉贾春雷、知晓他生态建设成绩的人，都说他是一个能人，一个能干事、会干事、能干成事的人。

贾春雷高中毕业后选择外出打工，然后娶妻生子，过着平凡而快乐的生活。然而，贾春雷骨子里却透着一股子与众不同的劲儿。同样的任务，落在他手里，他总能创新思路，创造性地开展工作。

农民出身的贾春雷，2006年开始远赴山西从事绿化工作，前后仅四五年时间，就初见成效。他坚持“干一行，爱一行”，硬是通过自己的努力拼搏，成为绿化行业杀出的一匹黑马。2011年，他荣获阳泉市“绿化模范”称号；2012年，他牵头负责实施的307复线公路两侧绿化荣获阳泉市优质工程奖。

看惯了身边的好风景，羡慕着他乡的山林茂密，对比自己的家乡，造林绿化、改变家乡生态环境的念头不知从何时开始在他心里头滋长，并且逐渐成为一个解不开的心结，回乡创业的感觉也日渐浓厚……

2016年春，贾春雷有一次回老家办事儿，眼瞅着父老乡亲依然“背靠荒山面朝天”，靠在土里刨食，时刻挣扎在贫困边缘，他的内心再次受到冲击。也就是在那个时候，他毅然决定回乡创业、回报家乡。

说干就干，当年，他就组建了唐县羊角乡僧贯村脱贫攻坚专业造林队，人员主要来自僧贯村本村及周边羊角乡马庄尔村等深度贫困村。在队伍组建过程中，他优先吸纳有劳动能力和意愿的建档立卡贫困户。在施工过程中，他优先安排未脱贫贫困户参与造林施工。

“敢”是一种胆识，“为”是一种实践，“天下先”是一种超越。回乡创业初始，他秉承“敢为天下先”的发展理念，于2016年雨季，利用黏浆兑生根粉等方法，完成核桃栽植600亩，成活率97%，此举开创了河北省雨季栽植阔叶树成功的先例。2016年冬，他运用冬储免浇水法栽植核桃600亩，成活率95%。同时，在全县率先引进郝氏造林法，实施育林板，栽植杏扁600亩，成活率达99%。

贾春雷带领专业队栽植杏扁

2017年春，贾春雷带领专业队在僧贯村完成栽植杏扁扶贫项目550亩；2017年雨季造林过程中，从整地挖坑、靠育林板、苗木调运到栽植、浇水等，他都逐项把关落实，栽植的3000多亩侧柏成活率均达到95%以上。随便站在他的一处造林施工点，放眼望去，都能看到一排排鱼鳞坑沿等高线呈“品”字形排列，白色的育林板错落有致地镶嵌在山坡上，成为一道亮丽并且独特的风景线。

2017年，唐县的雨季造林走在了全市前列。同年8月，保定市雨季造林观摩调度会在唐县召开，贾春雷的造林规模、造林模式、造林质量得到各级领导的一致好评。

现如今，贾春雷不但拥有了自己的专业造林队，还注册了“保定兴森绿化工程有限公司”。几年来，他承揽实施的绿化工程，工作成效大家有目共睹。他的脱贫攻坚造林队已成为业内外小有名气的脱贫攻坚品牌造林专业队。自2016年成立至2018年3年时间，参与其中的贫困户已由当时的23人增加到156人，承揽的造林绿化工程范围，也由本村延伸至本乡、全县，甚至走出河北，远赴山西参与施工绿化。117户建档立卡贫困户通过参与生态建设，获取劳动报酬，实现了脱贫出列。

绿化造林后的山地

2017年，贾春雷荣获“河北省绿化奖章”。获奖后，贾春雷时刻提醒自己，不能辜负各级领导和家乡父老对自己的信任，要积极发挥绿化模范带头作用，用自己的实际行动来回报家乡，回报社会。

每逢回到僧贯村里，父老乡亲见到他犹如见到亲人一般高兴，家长里短、嘘寒问暖地聊个不停，感激之情溢于言表。

谁家有什么困难，贾春雷都心甘情愿地提供帮助。碰上造林队成员或其家人生病住院，他都会买上慰问品到医院探望，并视情况先行预付其工资报酬，以解燃眉之急。贾春雷心怀善念，全力呵护家乡的父老乡亲。

目前，贾春雷正着手实施入股分红事宜。所谓入股分红，就是让附近乡村的特困户通过加入脱贫攻坚造林队成为队员直接入股，贾春雷每年拿出工程造林利润的30%给这些入股的特困户分红。入股特困户实行动态调整，但拿出的分红比例不减，目的就是让真正生活特别困难的群众直接获取资金收益。

“我是在唐县深山区的农村里长大的，虽然现在取得了一些成绩，但这些成绩得益于国家的好政策，得益于各级领导和部门特别是林业部门的关心和支持，还有家乡父老的鼎力相助。现在还有好多家乡父老愿意跟着我干，这是对我的信任，我愿意尽我所能，带领大家一道脱贫致富奔小康。”贾春雷说。

“造林绿化只有起点，没有终点。”阅尽征程好风光，更有胜景在前头。随着国家生态建设进入新常态，家乡绿色也会越来越浓。我们坚信，贾春雷在追逐绿色梦想、引领生态扶贫的道路上会越走越远，越走越好。

王新哲
——捐资千万元助家乡发展

保定唐县川里镇小南村美丽乡村建设成果初显　　李红叶　摄

2018年5月，古色古香的唐县川里镇小南村民俗大舞台正式建设完成，这标志着从这个小山村走出去的企业家王新哲捐建的又一惠民工程竣工。十几年来，王新哲已捐资1000多万元帮助家乡发展，使一个贫困的小村庄实现了华丽蜕变。

小南村位于唐县北部，距离县城65公里，全村耕地面积333亩，山场面积6000亩，共292户841人。过去的小南村村庄环境差，基础设施薄弱，曾经是当地有名的贫困村。现在的小南村美丽乡村建设成果丰硕，这都离不开从小南村走出去的企业家王新哲的无私付出。

村民在王新哲捐建的文体广场休闲娱乐　　李红叶　摄

今年59岁的王新哲，现任山西志远建设集团有限公司董事长。他虽然常年在外，但致富思源，心系家乡发展，多年来不求回报捐资助贫、扶危济困。2003年，他出资60多万元修建了教学设施完备的小南村志远希望小学，并经常给学生们捐赠学习用品。2005年，出资80多万元硬化和绿化了总长2.5公里的村内道路，方便了村民出行。2006年，出资20多万元修建了老年人洗浴活动中心，小南村及周边村60岁以上老人均可免费洗浴，并为老人们修建了活动室。2006年起，每年春节村里65岁以上的老人都会收到王新哲的“孝心红包”，包括1000元现金和慰问品。2012年唐县遭遇洪涝灾害，他捐款30万元支持家乡灾后建设。2013年，出资80万元建设500平方米的高标准幼儿园。2017年，小南村被列为“美丽乡村建设示范村”后，王新哲积极参与村里的规划建设，邀请专家实地考察，还出资1000多万元建设了高标准文体广场、民俗大舞台、公园等公共设施。近几年，王新哲还为村里100余名村民提供了就业岗位，使他们脱贫致富。

正在建设中的村级公园　　李红叶　摄

2017年，小南村按照国家标准退出贫困村行列。“没有新哲的帮助，哪会有我们的今天！”村民们感慨万千。现在的小南村道路平坦，村庄洁净，每到傍晚，在村级文体广场上，随处可见村民们打球、跳舞、下棋的身影。

“小养殖”托起脱贫梦
——省环境监测中心驻唐县上城口村工作队扶贫侧记

2019年6月15日，在唐县倒马关乡上城口村贫困户李红星的家门口，省环境监测中心驻村扶贫工作队带领养蜂能手贾志先，逐一查看李红星的蜂箱，这一箱蜂多了该分箱，这一箱蜜多了抓紧舀出来……手把手地向李红星传授养蜂技术。养蜂让李红星增收致富。

上城口村地处唐县最北部深山区，距离县城80公里，交通不便，信息闭塞。全村174户400人，建档立卡户52户100人。全村总面积2.3万多亩，人均耕地却不足1亩，村民收入以外出打工和农业生产为主，是脱贫攻坚一个难啃的“硬骨头”。

按照省委安排部署，省环境监测中心从2016年起选派工作队进驻上城口村开展扶贫帮扶工作。工作队坚持保护生态环境和脱贫增收致富相结合，依托优势资源，创新帮扶方式，发展特色产业，大力推进基础设施建设，改善生产生活条件。经过3年多的艰苦奋斗，在2018年既顺利实现脱贫出列，又保护了山清水秀的生态环境，取得发展和保护双赢的效果。

省环境监测中心驻村工作队创新性地采用“亲帮亲、邻帮邻、全民受益”的扶贫方式，鼓励致富带头人带动有劳动能力的贫困户加入种植养殖小组，通过提供生产原料、进行技术指导等方式进行扶持，获得收益从孝敬老人、帮助贫困亲朋好友做起，同时通过现金或实物分红的方式惠及全体村民，形成专业户致富、贫困户脱贫、全体村民受益的良性扶贫机制。

工作队刚进驻上城口村不久，村里老太太就找上门来了：春节过后，家里养的柴鸡下蛋越来越多，收鸡蛋的因过节不上门收购了，鸡蛋只能存在家里。

这给工作队出了道难题。村里养的鸡并不多，每家几只到二十几只，规模不大，但对村民作用不小。工作队便像“蚂蚁搬家”一样，利用返城时间，每周拎两箱鸡蛋回石家庄销售。村里的柴鸡蛋竟是城里的抢手货，滞销的鸡蛋供不应求。通过这种方式，每年可为村民销售鸡蛋200多公斤，帮助村民收入6000多元。

上城口村山场广阔，适宜养殖山羊。这种吃草长大的羊肉质紧实，口味纯正，很受市场欢迎。工作队积极协调养羊户成立研究小组，推进山羊圈养，解决养殖和生态保护的矛盾。帮扶贫困户陈杰养殖山羊100多只，收入2万元，顺利实现脱贫。养羊户已经发展到10多户，羊存栏2000多只。

建档立卡户贾占国擅长种植谷子，家里种植谷子4亩。由于种植当地品种，产量和收入不高。去年工作队把了解到的这一情况转告其帮扶责任人，通过帮扶责任人联系省内谷子专家，推荐他种植“张杂谷5号”，还赠送他种子和肥料，传授种植技术。贾占国的谷子获得大丰收，他带着自产小米专门到工作队表示感谢。以点带面，家家户户将种植谷物优良品种。

上城口村的蜂蜜主要为槐花蜜和荆花蜜，均为纯天然蜂蜜，以前主要由蜂蜜加工厂收购，收购价每吨9000元。工作队了解到这一情况后，联系派出单位和食品检验机构开展蜂蜜检测，并组织4户养蜂户成立养蜂小组，建立自检能力，提高产品品质。工作队工作之余当起促销员，通过免费品尝、上门推销和网络宣传等多种方式进行宣传，使上城口村蜂蜜迅速打入北京和石家庄市场，成为畅销产品，价格也飙升到最高每公斤20元。

办实事，真扶贫

——市质监局驻唐县北雹水村工作队帮扶小记

唐县雹水乡北雹水村的中庄和东庄两个自然庄之间河上的桥梁通行了，居住在两个庄的村民从此结束绕行1公里才能到达对岸的历史，这座桥被村民们亲切地称为“连心桥”。

北雹水村有3个自然庄，中庄和东庄之间有一条常年流水的河沟，宽100米，修建一座桥成为该村几十年来的梦想。

市质量技术监督局驻村工作队想村民之所想，急群众之所急，积极争取扶贫项目，于2019年底动工开始修建桥梁。如今，长16米的主桥完工，引桥已填平砂石。从此村民来往不再绕行，两个村庄村民的心也因为桥连为一体，村民们拍手称赞。

市质监局工作队自驻村以来，维修学校、建桥修路、发展富民产业，村容村貌发生很大变化，扶贫攻坚取得明显成效。工作队对贫困户进行分类管理，将全村34户贫困户、88名贫困人口在建档立卡基础上，按因病致贫、伤残致贫、无依靠致贫、享受低保等4类进行管理。发动全局力量参与到扶贫攻坚中，将34个贫困户具体分解，组织实施“一对一”对接、帮扶。

通过责任到人、原因找准、措施到位，制定具体帮扶措施，工作队大力帮扶发展养羊业和家庭手工业，养羊场已经发展到12家，年出栏7.5万只。已有25户贫困户完成脱贫，按计划完成脱贫任务。

工作队看到村小学路面无硬化，游乐设施陈旧，露天厕所急需改善，便筹集资金14万余元，对学校进行改善，已完成校舍整修、路面硬化及厕所改造。为进一步提高办学条件，工作队又捐赠桌椅70套，使学校面貌焕然一新。同时，工作队争取交通资金，帮助村里硬化道路9000平方米，修装路灯100个，建成了村民活动广场。

“今年作为脱贫巩固期，我们将规划建设北雹水养殖小区，推进集中养殖。继续硬化街道，努力实现硬化、亮化全覆盖。积极谋划实施速冻水饺和服装加工两个扶贫项目。”谈起工作，工作队队长刘雄辉充满信心。

打好脱贫攻坚战
——省委编办驻五家会村工作队扶贫记录

黄石口乡五家会村地处唐县西北部山区，由于村庄四面环山、耕地有限，青壮年劳力多以外地打工为主，家里只有老人、妇女和儿童留守。2016年以来，省委编办连续3年派出驻村工作队，帮扶五家会村发展光伏产业，落实扶贫政策，兴建基础设施，完善公共服务。2017年，该村贫困发生率从过去的近70%，降到了1%以内，实现了脱贫退出。2018年，按照中央和省委的部署，省委编办选派了新的驻村工作队。面对“脱贫后怎么办”这个首要问题，省委编办充分发挥职能作用和驻村工作队的一线作用，在加强脱贫攻坚与乡村振兴统筹衔接、打好“后脱贫时代”脱贫攻坚战方面进行了有益的探索和实践。

一、巩固提升脱贫质量

五家会村虽然在2017年已经脱贫，但在进一步提高贫困户收入水平、健全基础设施、完善公共服务等方面的任务还十分艰巨，必须借助各方力量，凝聚各方智慧，不断巩固和提升脱贫质量。

一是向当地党委政府借力。驻村工作队坚持“多请示、多汇报”，利用市县领导到村调研、到县里开会办事等时机，详细汇报帮扶工作情况和存在的薄弱环节，得到了当地党委政府的倾力支持和大力帮助。2018年，驻村工作队落实了县统一建设的光伏项目，当年为村集体增加收入3.55万元。累计获得扶贫资金支持60余万元，新打水井1眼，建成了500平方米的文化广场，安装太阳能路灯60盏，配备了健身器材、音响等文化娱乐设施，为群众提供了更加丰富、便利的生活条件。解决了长期以来垃圾围村的问题，全面粉刷房屋外墙，培植绿植花卉，村容村貌焕然一新。多方筹集资金，配齐办公桌椅、空调、电视等必要设备。整合党建、医疗、文体、宣传、办事等服务功能到新建成的村民文化活动中心来，为群众提供了更加便捷、丰富、优质的公共文化服务资源。此外，针对贫困户数据核查、低保扩面等矛盾多、情况复杂的问题，驻村工作队主动请县包乡领导、乡主管领导和包村干部到村指导，共同研究措施、化解矛盾、解决问题，有力保证了各项工作的顺利推进。

二是争取编办机关助力。机构编制部门虽然不直接管钱管物，但也具有一定的部门职能优势。在省委编办主要负责同志亲自协调下，驻村工作队积极跑办项目，争取到红十字会总会博爱家园、省财政厅革命老区村民文化活动中心项目资金共计86万元，获得省宣传部门捐赠图书1000余册。工作中，省委编办领导班子始终把精准脱贫工作作为一项重大政治任务来抓，严格落实帮扶责任，多次实地查看扶贫工作情况，定期听取驻村工作队专题汇报，提出明确要求，研究解决实际困难。在办公经费十分紧张的情况下，给予了五家会村10万元的援助资金，用于小型基础设施、公共服务和基层党组织阵地建设等方面。同时，在生活、待遇等方面，省委编办也给予了驻村工作队很大的关心和照顾。

三是引导干部群众聚力。驻村工作队从议事决策入手，规范两委会议议事程序、议事规则，手把手教他们如何议事、如何记录，严格监督“四议两公开”制度执行情况，树牢他们“遇事要多同群众商量，绝不能违背群众的意愿办事”的思想意识，保证群众的参与权和知晓权，同时也密切了干群关系，激发了群众参政议政的热情。积极发挥消费扶贫促进作用，组织农户参加柴鸡养殖培训，帮助五家会村柴鸡养殖合作社建立微店、推广产品、协调物流、创建品牌，在办机关发起柴鸡蛋推介活动，利用线上、线下两种渠道，发动工作圈、朋友圈两个“圈子”，五家会村柴鸡蛋已销售到北京和我省石家庄、保定、邢台等地，增加了村民收入，提升了“造血”能力。加大就业扶持力度，鼓励箱包加工点扩大生产规模，及时发布岗位就业信息资讯。配合县人社部门开展

“春风行动”，积极为青壮年劳动力提供就业机会，切实解决富余劳动力就业问题。针对弱劳动能力人群，专门设置保洁员、护林员、网格员等公益岗位，实行劳动补助和奖补的收益分配方式，更大限度激发他们通过劳动脱贫致富的积极性。据统计，2018年贫困户年人均收入达到了7000元。

二、筑牢防贫防线

五家会村虽然已于2017年脱贫，但因病、因残、因灾返贫等隐患仍不容忽视。为此，驻村工作队在各级有关部门的大力支持和省委编办机关的有力协调下，紧盯“三保障”问题，构筑了多条防贫防线。

一是医疗保障防线。在落实基本医疗、大病救助、民政救助“三道防线”的基础上，为符合条件的家庭减免基本医疗参保费，办理商业补充保险，定期组织开展大慢病排查、免费体检等活动，推动家庭医生签约全覆盖。

二是民政兜底防线。建立边缘户台账，定期开展低保识别，按照应保尽保、应纳尽纳的原则，及时将符合低保识别标准的人口纳入低保。同时，对经帮扶已经超过低保标准的人口，采取“扶上马送一程”的方式，继续使其享受一段时间低保，以巩固帮扶成效。通过不间断入户走访，及时发现患大病、重病、住院等人员，了解病情，开展慰问，根据不同情况，依政策帮办民政救助，以解一时之困。

三是因学致贫防线。每学期初与县教育部门、乡中心校和村小学逐人核对就学、入学学生信息，核实“两免一补”“三免一助”及“雨露计划”等政策落实情况，特别针对初三学生厌学产生的辍学隐患问题，开学前及时约谈家长，要求其做好学生工作，务必完成学业，确保义务教育阶段无辍学学生。

四是因灾致贫防线。在省委编办领导的大力协调下，为五家会村争取到保定地区唯一一个红十字总会博爱家园项目，项目资金共计40万元。其中，15万元用于小型防灾减灾设施建设，10万元用于防灾减灾、卫生健康等方面的宣传培训，15万元用于灾后发展生产的生计金，长期滚动使用。该项目于2018年10

月启动，计划2019年9月底完成验收。项目完成后，将有效防范五家会村因灾致贫问题的发生。此外，指导村集体利用自筹资金，将一处村集体闲置房屋修葺一新，并配置必要的生活家具，开展五家会村幸福院建设，主要用于解决因灾等原因安全住房暂时无法保障的问题。

唐县脱贫攻坚大事记（2015—2019）

2015年

2015年1月14日，收听收看河北省召开的饮水安全工程建设推进电视电话会议。

2015年1月15日，县长尤志敬、副县长马志会到仁厚镇、长古城镇调研农村饮水安全工作。

2015年1月17日，水利部副部长刘宁来唐县督导检查农村饮水安全工程建设工作。

2015年1月22日，组织收听收看保定市推进扶贫帮困（春雨）行动电视电话会。

2015年1月29日，十二届七十三次县委常委会议研究通过《唐县2015年度拟实施的13项惠民大事实事》。

2015年2月6日，国务院扶贫办副主任郑文凯一行到唐县调研扶贫工作。

2015年2月10日，举行“善行唐县·情暖尧乡”2014年度道德模范颁奖典礼。

2015年3月11日，召开农村环境容貌综合整治协调会。

2015年3月14日，召开古北岳生物经济示范区旅游总体规划项目规划评审会。

2015年4月2日，省委副书记赵勇一行来唐县就扶贫开发和发展节水农业进行考察调研。

2015年4月3日，县委书记李习谦主持召开十二届七十八次县委常委（扩大）会议。传达学习省委副书记赵勇来唐县就发展节水农业和扶贫开发工作调研时的重要讲话精神，研究讨论唐县贯彻落实情况。

2015年4月17日，召开全县扶贫开发工作会议。印发《全力打好扶贫攻坚战的实施意见》《关于切实做好新一轮扶贫开发驻村帮扶工作的意见》《关于进一步强化乡镇扶贫工作责任的意见》。

2015年4月30日，十二届八十次县委常委会议听取并原则同意关于全市扶贫攻坚指挥部全体（扩大）会议精神及唐县贯彻落实意见的汇报。

2015年5月13日，市巡视组来唐县开展专项（扶贫）资金巡视工作。

2015年5月19日，在军城镇和家庄村召开美丽乡村规划建设现场办公会。

2015年6月5日，召开十二届八十二次县委常委（扩大）会议。听取并原则同意关于全县扶贫开发工作情况的汇报；传达学习全国创新扶贫开发体制机制专题研究班有关精神，研究讨论唐县贯彻落实意见。

2015年7月9日，省交通厅来唐县就太行山交通路网建设进行调研。

2015年7月14日，国家卫计委主任李斌一行来唐县调研医改工作。

2015年7月16日，举办农村党支部书记、村委会主任培训班，就农村基层组织建设、新农村建设、党风廉政建设、扶贫攻坚、农业产业化、现代化农业、信访稳定工作等内容进行培训。

2015年7月22日，在军城镇召开扶贫工作片区调度会。

2015年7月23日，在白合镇召开扶贫工作片区调度会。

2015年8月6—7日，开展农村环境容貌综合整治“互看联查”活动。

2015年8月18日，召开金秋捐资助学座谈会。

2015年9月7日，召开十二届八十八次县委常委（扩大）会议。听取关于唐县美丽乡村暨农村环境容貌综合整治工作情况的汇报；听取关于全市打好精准扶贫攻坚战会议精神及唐县贯彻落实意见的汇报。

2015年9月10日，召开扶贫开发工作调度会，就贯彻落实打好精准扶贫攻坚战进行部署。

2015年9月10日，举行2015年“新世纪教育基金资助贫困女大学生”活动发放仪式。

2015年9月17日，召开县四大班子联席会议。研究讨论并原则同意县委、县政府《关于打好精准扶贫攻坚战实施方案》。

2015年9月18日，召开打好精准扶贫攻坚战工作会议，就贯彻落实打好精准扶贫攻坚战进行再动员、再部署。

2015年10月17日，收听收看全省2015年扶贫日“情暖燕赵·扶贫济困”活动电视电话会议。

2015年10月20日，收听收看全省扶贫开发建档立卡“回头看”工作电视电话会。

2015年10月22—23日，省医改办在唐县人民医院组织开展全省县级公立医院综合改革交流学习和现场观摩活动。

2015年10月23日，召开扶贫建档立卡“回头看”工作会议。

2015年11月1日，昌鑫牧业二期工程举行落成仪式，标志着该公司“自繁自育自宰自销”的“直隶黑猪”全产业链模式形成。

2015年11月24日，召开扶贫驻村工作调度会。

2015年12月1日，组织收听收看全国易地扶贫搬迁工作电视电话会议。

2015年12月29日，召开县委十二届委员会第九次全体（扩大）会议，总结2015年工作，安排部署“十三五”时期各项工作。县委书记李习谦作《借力发展　转型升级　创新突破　跨越赶超　为全面脱贫出列全面建成小康社会而努力奋斗》的重要讲话，通过了《中共唐县县委关于制定国民经济和社会发展第十三个五年规划的建议》。

2016年

2016年1月14日，举办“互联网＋美丽乡村”发展论坛暨唐县淘实惠农村电商战略发展启动峰会。

2016年1月21日，省人大常委会党组副书记、省总工会主席王增力到唐县调研扶贫开发和美丽乡村建设工作。

2016年1月21日，召开电子商务工作会议并举行县政府与京东合作签约仪式。

2016年1月22日，召开十二届一百零五次县委常委会议。传达学习省人大党组副书记王增力来唐就扶贫开发、美丽乡村建设工作进行调研时的重要讲话精神。

2016年1月28日，召开扶贫开发工作调度会议。

2016年2月3日，在县农村电子商务公共服务中心召开大学生创业就业座谈会。

2016年2月23日，召开十二届一百零六次县委常委会议。研究讨论《唐县精准扶贫驻村干部选派管理办法》《关于加强基层党建工作推动脱贫攻坚和美丽乡村建设的意见》。

2016年2月24日，组织收听收看省精准脱贫工作动员大会暨出征仪式。

2016年2月25日，举办精准脱贫驻村干部培训会。

2016年3月8日，召开庆“三八”表彰暨唐县妇联实施“互联网＋巾帼创业创新行动”计划启动仪式。

2016年3月24日，召开精准脱贫攻坚战推进大会，贯彻落实中央、省市有关会议精神，对唐县精准脱贫工作进行安排部署。

2016年3月25日，举办“互联网＋唐县”专题培训大会，邀请无界电商专家授课。

2016年3月31日，召开美丽乡村建设暨农村环境卫生长效管理机制工作推进大会。

2016年4月12日，召开光伏扶贫项目工作会议。

2016年4月25日，召开扶贫攻坚调度会。

2016年4月27日，中央编译局副局长陈和平一行来唐县就对口单位帮扶工作进行调研。

2016年5月6日，省贸促会张力红会长一行到帮扶点大洋乡山南庄村进行扶贫调研。

2016年5月9日，召开十二届一百一十二次县委常委（扩大）会议。研究讨论《唐县扶贫开发领导小组2016年工作要点》《关于坚决打赢脱贫攻坚战重要政策措施分工方案》。

2016年5月10日，召开精准扶贫脱贫驻村工作调度会，研究解决驻村帮扶工作中存在的突出问题，对驻村帮扶工作进行再安排、再部署。

2016年5月24日，2016年保定首批乡村旅游农家乐提档升级培训会在唐县举办。

2016年6月8日，召开十二届一百一十七次县委常委（扩大）会议，听取关于全县脱贫攻坚工作情况的汇报。

2016年6月14日，召开精准脱贫驻村工作队经验交流及扶贫政策培训座谈会。

2016年8月2日，陆军政治工作部群联局局长邓栗一行来唐县开展帮扶对接，并深入农村、企业实地考察。

2016年8月13日，召开十二届一百二十一次县委常委（扩大）会议，传达学习省委办公厅《关于学习贯彻习近平总书记视察唐山时重要讲话精神的通知》《关于印发习近平总书记视察唐山时重要讲话的通知》和《赵克志在全省领导干部会议上的讲话》，传达学习市委书记聂瑞平来唐就脱贫攻坚和灾后重建工作进行调研时的重要讲话精神。

2016年8月18日，召开扶贫项目协调会。

2016年9月1日，举办农村党支部书记暨惠农政策培训班。

2016年9月5日，召开非重点村贫困人口建档立卡工作会议。

2016年9月12日，举办2016年“新世纪教育基金资助贫困女大学生”发放仪式。

2016年9月13日，县委宣传部主办、唐县电子商务公共服务中心承办的“互联网+宣传”专题培训会在唐县电子商务公共服务中心举办。

2016年9月22日，召开十二届一百二十五次县委常委（扩大）会议。研究讨论《唐县2016年贫困退出工作实施方案》《易地扶贫搬迁人口后续扶持方案》《脱贫攻坚工作督导检查方案》，河北省“千企帮千村”精准扶贫行动启动仪式主要会议精神及唐县贯彻落实意见，全县扶贫办主任会议主要精神及唐县贯彻落实意见。

2016年9月23日，陆军机关在唐县齐家佐乡葛公村举行定点帮扶启动仪式。

2016年9月27日，省人大常委会脱贫攻坚专题视察组来唐县调研。

2016年9月28日，召开电子商务进农村全覆盖培训会。

2016年9月30日，召开企村结对帮扶工作会议，进一步动员社会力量参与帮扶，加快贫困村脱贫攻坚步伐。

2016年10月9日，召开“政银企户保”金融扶贫实施意见征求意见会。

2016年10月10日，召开电子商务工作座谈会，中国县域互联网+行动联盟秘书长莫问剑应邀参加座谈会。

2016年10月14日，召开县域互联网+旅游+农产品培训大会。

2016年10月21日，陆军装备部维修保障局局长章安文一行来唐县就精准扶贫工作进行考察对接。

2016年10月24日，举行小额扶贫贷款发放仪式。

2016年11月1—2日，省人大常委会党组副书记、省总工会主席王增力来唐县调研扶贫开发和旅游工作。

2016年11月10日，召开2016年扶贫对象动态调整和建档立卡信息采集录入工作会议。

2016年11月12日，召开2016年光伏电站申报协调会。

2016年11月21日，召开贫困退出和脱贫攻坚第三方评估工作培训会。

2016年11月24日，召开第五十二次常务会议。研究金融扶贫等相关工作事宜。

2016年12月5日，召开贫困退出工作会议。

2016年12月6日，召开争创全国农旅电商百强示范县座谈会。

2016年12月9日，召开十二届一百三十六次县委常委（扩大）会议。传达学习市委书记聂瑞平在十届十三次全会第一次会议上的讲话精神；研究讨论“十星级文明户”创建等工作。

2016年12月15日，召开美丽乡村建设工作进展调度会。

2016年12月16日，陆军总医院医疗队到齐家佐乡葛公村小学开展义诊活动。

2017年

2017年1月4日，召开“政银企户保”金融扶贫动员培训会议。

2017年1月13日，召开北京市朝阳区对口帮扶唐县座谈会。

2017年1月24日，召开村级光伏电站建设动员会。总结前期光伏电站建设的进展情况，就43个村级光伏电站具体政策宣传和组织实施进行安排部署。

2017年2月14日，北京市支援合作办到唐县调研扶贫帮扶对接工作。

2017年3月20—21日，省督导调研组到唐县督导调研易地扶贫搬迁工作。

2017年4月1日，召开2017年农村工作、扶贫开发暨信访稳定工作会议。

2017年4月17日，召开2017年精准脱贫驻村工作会议。

2017年5月2日，召开十三届八次县委常委（扩大）会议。传达学习省委九届三次全会《赵克志、许勤同志在省委理论学习中心组学习会上的讲话》；研究关于扶贫挂职干部任职的意见。

2017年5月4日，市委常委、宣传部长杨宝东带领部分帮扶单位负责同志到唐县调研精准扶贫及对口帮扶工作。

2017年5月5日，召开扶贫开发领导小组会议。

2017年5月24日，中央编译局局长贾高建一行到唐县调研精准扶贫、脱贫攻坚和对口帮扶工作。

2017年5月25—26日，工信部规划司副巡视员唐和义一行到唐县调研扶贫项目实施情况。

2017年6月7日，市委常委、宣传部长杨宝东到唐县调研脱贫攻坚、信访稳定等工作。

2017年6月19日，召开扶贫工作调度会，就扶贫工作、对接雄安新区重点产业转移等相关工作听取相关部门工作汇报，对今后一个时期工作进行安排。

2017年6月23日，市国控集团有限公司谢鹏一行到唐县调研扶贫开发、土地使用、项目建设情况。

2017年7月11日，省人大常委会副主任王刚到唐县就开展农村扶贫开发法规政策贯彻实施情况进行执法检查。

2017年7月13日，2017年保定（首届）互联网公益文化节扶贫捐赠仪式在唐县军城镇于家寨村举行。

2017年7月21日，召开审计及扶贫开发成效考核问题整改专项调度会。

2017年7月28日，召开“唐县2017年度文明家庭表彰大会”。

2017年8月1日，召开脱贫攻坚精准扶贫政策培训会议。

2017年8月11日，召开扶贫开发领导小组（扩大）会议。

2017年8月16日，举行军民融合产业园共建框架协议签约仪式。

2017年8月17日，组织收听收看全省贫困人口建档立卡“回头看”业务培训电视电话会议。

2017年8月22日，召开十三届十四次县委常委会议。研究讨论《唐县贫困人口建档立卡“回头看”工作实施方案、督导方案》。

2017年8月23日，市委副书记郭竞坤，市委常委、农工委书记罗德强对唐县脱贫攻坚工作互看联查。

2017年8月24日，召开贫困人口建档立卡“回头看”工作动员会，贯彻落实上级有关精神，安排部署唐县贫困人口建档立卡“回头看”工作。

2017年9月1日，北京市朝阳区旅游委主任兰学军到唐县考察旅游工作。

2017年9月2日，召开建档立卡“回头看”培训会。

2017年9月8日，召开全县扶贫工作领导小组调度会，研究当前扶贫工作，安排部署今后一个时期任务目标。

2017年9月10日，召开建档立卡“回头看”调度会。

2017年9月19日，召开十三届十八次县委常委（扩大）会议。听取关于研究确定全县拟定贫困人口的汇报、关于白合镇双峰峪村易地扶贫搬迁相关政策的界定；听取仁厚镇、军城镇、大洋乡、倒马关乡提请扶贫开发领导小组会议研究确定的建档立卡贫困户情况说明；传达学习省委组织部长梁田庚在全省抓党建促脱贫攻坚暨农村基层党建工作推进会上的讲话精神。

2017年9月29日，召开建档立卡“回头看”工作调度会。

2017年10月12日，组织收听收看全省脱贫攻坚电视电话会议。

2017年10月23日，县委常委班子召开脱贫攻坚专题民主生活会。深入查摆问题，开展批评与自我批评，奋力推进脱贫攻坚工作。

2017年10月24日，召开通天河产业园区项目推进会，就下步工作进行安排部署。

2017年11月3日，召开十三届二十三次县委常委（扩大）会议。研究讨论2017年贫困退出工作实施方案，传达学习省市扶贫工作会议精神及唐县贯彻落实意见，研究讨论成立精准识别和基层基础保障工作、易地搬迁和村庄提升工作、产业扶贫工作专班方案。

2017年11月4—6日，举办学习贯彻落实十九大精神暨贫困村党组织书记脱贫攻坚主题培训班。

2017年11月6日，召开贫困退出验收工作调度会。

2017年11月30日，召开十三届二十七次县委常委会议。研究干部问题；研究讨论省委、省政府《关于深入开展扶贫领域腐败和作风问题专项整治的意见》的落实意见。

2017年11月30日，召开京冀对口帮扶项目工作调度会。

2017年12月4日，组织收听收看全省、全市扶贫脱贫工作电视电话会议。

2017年12月11日，保定市贫困退出核查验收第五工作组到唐县核查2017年贫困退出工作开展情况并召开座谈会。

2017年12月18日，举行唐河军民融合文化旅游功能开发区项目签约仪式。

2017年12月18日，召开扶贫验收工作调度会。

2017年12月21日，组织收听收看全省扶贫领域腐败和作风问题专项治理工作推进会。

2017年12月27日，召开扶贫开发领导小组会议。传达省委《关于张家口市及蔚县、康保县扶贫领导突出问题责任追究情况及其教训的通报》，全市扶贫系统重点工作推进会议精神；通报市贫困退出核查验收中发现的问题、省扶贫成效专项核查反馈意见；研究易地扶贫搬迁同步搬迁人口规模、关于贫困村集体收入不达标的解决方案、部分扶贫资金使用分配方案。

2017年12月28日，北京市朝阳区区长王灏，区委常委、副区长孙其军到唐县开展帮扶调研活动，并向唐县提供567万元扶贫专项资金。

2017年12月29日，召开扶贫开发领导小组会议，贯彻落实省市全会精神，安排部署迎接2017年国家和省扶贫开发成效考核及开展扶贫领域腐败和作风问题专项治理工作。

2018年

2018年1月1日，市长郭建英同志到唐县齐家佐乡北长峪村、西胜沟村检查指导精准扶贫工作，详细了解唐县精准扶贫工作开展情况。

2018年1月2日，召开扶贫开发领导小组会议，传达学习市委十一届四次全体会议精神，并就迎接国家扶贫开发成效考核工作进行再安排、再部署。

2018年1月2日，组织收听收看保定市迎接2017年度国家扶贫开发考核筹备会。

2018年1月5日，召开2018年项目库申报暨年度考核工作部署会。

2018年1月9日，举办易地扶贫搬迁分房仪式。

2018年1月11日，唐县代表团赴北京市朝阳区参加扶贫对接交流考察座谈会。

2018年1月17日，召开十三届三十二次县委常委（扩大）会议。传达学习省委常委、组织部长梁田庚在全省扶贫开发工作会议上的讲话；传达学习习近平总书记“1·5”重要讲话。

2018年1月23日，召开十三届三十四次县委常委（扩大）会议。听取巡视反馈意见、扶贫领域整改工作进展情况的汇报。

2018年2月24日，召开2018年脱贫摘帽誓师大会暨扶贫工作部署会议。

2018年3月2日，召开扶贫工作调度会。

2018年3月9日，召开精准脱贫驻村工作队出征大会暨业务培训会，落实省市精准脱贫动员培训会议精神，对驻村帮扶工作进行再安排、再部署。

2018年3月24日，召开脱贫攻坚工作成效考核调度会，传达学习《2017年度市县脱贫攻坚工作成绩考核方案》《河北省脱贫攻坚工作考核问责办法》，安排部署迎接省脱贫攻坚工作成绩考核工作。

2018年3月28日，召开扶贫帮扶工作迎省检专题调度会。

2018年3月31日—4月1日，省考核组组长樊晓辰一行到唐县对2017年度脱贫攻坚工作成效进行考核。

2018年4月2日，组织收听收看全省农业农村重点工作电视电话会议，安排部署全省春季农林生产、脱贫攻坚等重点工作。

2018年4月3日，组织收听收看全省脱贫攻坚重点工作推进电视电话会议。省电视电话会议结束后，市县分别召开会议。

2018年4月4日，召开十三届三十八次县委常委会议。研究讨论《县委组织部关于2017年度精准扶贫驻村工作队中市管干部考核定档情况》。

2018年4月8日，召开扶贫开发和脱贫工作领导小组会议。会议研究讨论《唐县扶贫办、唐县财政局关于2018年度到位财政扶贫资金项目安排情况的报告》《唐县2018财政涉农资金统筹整合使用方案》《关于做好扶贫项目立项准备工作的建议》《关于使用财政资金开展资产收益扶贫项目的实施意见》《唐县开展资产收益扶贫项目企业选定条件及资金使用额度确定暂行办法》《唐县扶贫开发办公室关于扶贫产业项目推进中自查自纠违规问题整改意见》《唐县扶贫开发和脱贫工作领导小组关于建立健全脱贫巩固提升机制的意见》等。

2018年4月13日，省人大常委会党组书记、常务副主任范照兵一行到扶贫联系点唐县调研。

2018年4月13日，召开十三届四十次县委常委（扩大）会议。传达学习省人大常委会领导到唐县调研扶贫工作时的讲话精神，安排部署扶贫工作。

2018年4月15日，县委书记杜庆勇，县委常委、县委办主任贾爱民到齐家佐乡调研精准脱贫工作。

2018年4月17日，召开十三届四十一次县委常委（扩大）会议，就扶贫工作进行再动员再部署。

2018年4月18日，召开扶贫领域工程项目建设专题调度会。

2018年4月18日，召开推动移风易俗暨“十星级文明户”表彰大会。

2018年4月23日，组织收听收看全省扶贫脱贫领域问题整改暨巡视和“一问责、八清理”整改“回头看”工作电视电话会议。

2018年4月23日，召开脱贫摘帽扶贫政策培训会议。

2018年4月25日，北京市朝阳区区委常委、常务副区长马继业带队到唐县调研精准扶贫工作。

2018年4月26日，北京乐成集团董事长倪浩华一行到唐县考察调研养老设施项目选址、设计等相关工作。

2018年5月2日，县委书记杜庆勇到白合镇调研督导脱贫攻坚工作。

2018年5月5日，召开十三届四十四次县委常委（扩大）会议。传达学习聂瑞平在市委十一届五次全会上的讲话精神；研究讨论县委、县政府《关于成立贫困退出领导小组的通知》。

2018年5月8日，召开扶贫工作调度会，直面当前脱贫攻坚工作中存在的突出问题，以越战越勇的精神状态、担当实干的工作，全力打好打赢脱贫攻坚战。

2018年5月9日，召开“政银企户保”金融扶贫第十次贷审会，对九家企业扶贫贷款项目进行评审。

2018年5月11日，召开十三届四十五次县委常委（扩大）会议。传达省扶贫办关于下发《〈河北省贫困人口建档立卡和动态调整管理服务办法（试行）〉有关问题解释》的通知；传达全省党政领导干部精准扶贫专题培训班会议精神。

2018年5月15日，省财政厅副厅长王振东一行到唐县调研精准扶贫工作。

2018年5月16日，召开贫困退出调度会。

2018年5月21日，市委常委、宣传部长杨宝东在唐县就“五包一”扶贫攻坚、“双创双服”等工作进行调研。

2018年5月21日，召开防汛抗旱和扶贫工作会议。

2018年5月24日，召开驻村帮扶工作和结对帮扶工作交流推进会。

2018年9月30日，组织收听收看全省2018年度贫困退出工作视频培训会议。

2018年10月3日，召开贫困退出和扶贫成效考核工作政策培训会。组织召开扶贫领导小组研讨会暨2018年贫困村面貌提升建设项目推进会议。

2018年10月11日，朝阳区·唐县红十字会携手助力脱贫攻坚签约暨捐赠仪式在唐县举行。

2018年10月12日，召开金融扶贫工作推进会。

2018年10月15日，县委书记杜庆勇到大洋乡大洋庄村调研脱贫攻坚工作。

2018年10月15日，召开脱贫攻坚调度会，对脱贫攻坚工作再推进、再部署。

2018年10月16—17日，中央委员、中央党史和文献研究院常务副院长曲青山到唐县调研指导精准扶贫工作。

2018年10月17日，唐县第一期党政干部培训班在北京市朝阳区举行开班仪式。

2018年10月18日，召开扶贫资金报账和危房改造及项目推进工作调度会。

2018年10月18日，北京市朝阳区对口支援帮扶工作组到唐县考察调研。

2018年10月20日，召开扶贫开发和脱贫工作领导小组会议暨脱贫攻坚“擂台赛”会议。

2018年10月22日，县委书记杜庆勇到迷城乡、军城镇调研脱贫攻坚工作。

2018年10月25—26日，县委书记杜庆勇到雹水乡、齐家佐乡、北店头乡调研脱贫攻坚工作。

2018年11月13日，组织收听收看全省扶贫成效考核工作动员部署电视电话会议。

2018年11月14日，县委书记杜庆勇到仁厚镇县北村调研脱贫攻坚等工作。

2018年11月15日，组织收听收看全市扶贫成效考核工作动员部署电视电话会议。

2018年11月23日，召开扶贫开发和脱贫工作领导小组会议暨脱贫攻坚“擂台赛”会议，对唐县全力做好迎检各项工作进行再安排、再部署。

2018年12月8日，组织收听收看全省扶贫成效考核反馈问题整改电视电话会议。

2018年12月10日，召开2018年度扶贫开发成效考核和贫困县退出验收总结暨迎接做好国家考核工作及近期重点工作调度会议。

2018年12月10日，举行2018年农村党支部书记任职培训开班仪式。

2018年12月12日，市委常委、副市长孙其军到唐县调研国家东西部扶贫协作考核准备工作情况。

2018年12月14日，省人大常委会常务副秘书长吴时茂一行到唐县调研指导扶贫脱贫攻坚工作。

2018年12月17日，召开扶贫小额信贷整改暨推进工作会。

2018年12月18日，召开省考核第三方评估反馈问题整改暨迎国考调度会。

2018年12月19日，副省长时清霜到唐县调研指导脱贫攻坚和非洲猪瘟防控工作。

2018年12月21日，组织收听收看全省扶贫脱贫帮扶工作推进会。

2018年12月27日，组织收听收看市召开2018年扶贫成效考核电视电话会议。

2018年12月27日，召开扶贫开发和脱贫工作领导小组会议，研究讨论迎接国家扶贫成效考核工作准备情况。

2019年

2019年1月11日，唐县组织收听收看全省农村工作会议暨扶贫开发工作会议。县领导杜庆勇、尤志敬、马志会、付冬在唐县分会场参加会议。会后，县长尤志敬就贯彻落实会议精神讲了意见。

2019年2月18日，唐县组织收听收看市农村工作暨扶贫开发工作会议。县领导杜庆勇、尤志敬、陈志强、刘永奎在唐县分会场参加会议。会后，县委书记杜庆勇就脱贫攻坚工作讲了意见。

2019年2月25日，唐县组织收听收看省召开易地扶贫搬迁工作电视电话会。县长尤志敬、副县长付冬在唐县分会场参加会议。电话会议结束后，唐县就地召开会议，县长尤志敬就唐县易地扶贫搬迁后期的旧房腾退、土地复垦等相关工作安排部署，并提出了具体意见和要求。

2019年2月25日，县委书记杜庆勇主持召开十三届七十二次县委常委（扩大）会议。会议传达学习《中共中央办公厅　国务院办公厅关于加大脱贫攻坚力度支持革命老区开发建设的指导意见》《中共河北省委办公厅　河北省人民政府办公厅加大脱贫攻坚力度支持革命老区开发建设责任分工方案》；研究讨论《2019—2020年唐县京冀扶贫协作项目库》《2019年唐县京冀扶贫协作项目申报计划》。

2019年2月26日，唐县召开农业农村、扶贫、环保、安全生产、信访稳定工作会议，对各项重点工作进行再安排、再部署、再动员，确保今年各项工作开好局、起好步。杜庆勇、尤志敬等县四大班子领导出席会议。

2019年3月5日，唐县召开京冀扶贫协作项目调度会，与会人员就2019年各自申报项目逐一进行汇报，结合唐县实际，对各项目中存在的问题进行了探讨。县委常委、副县长刘芳出席会议。

2019年3月6日，唐县召开2018年贫困县退出验收和第三方评估反馈问题整改情况汇报会。副县长付冬向省扶贫督导组汇报了唐县问题整改情况。

2019年3月14日，唐县组织收听收看保定市深度贫困地区脱贫攻坚暨贫困县退出推进工作视频会议。

2019年3月22日，市金融扶贫领导小组到唐县指导金融扶贫工作，副县长付冬、张青林出席座谈会。

2019年3月25日，唐县组织收听收看全省2018年度贫困县退出工作整改调度会议。县领导杜庆勇、陈志强、付冬在唐县分会场参加会议。省会议结束后，唐县随即召开调度会，县委书记杜庆勇就唐县脱贫工作讲了意见，县委副书记陈志强、副县长付冬就当前脱贫攻坚具体工作进行了安排部署。

2019年4月3日，县委书记杜庆勇到齐家佐乡调研脱贫攻坚、森林防火和环保等工作。

2019年4月6日，县委书记杜庆勇到黄石口乡检查扶贫、防火、环保等工作。县领导贾爱民、杨军华陪同检查。

2019年4月18日，唐县召开脱贫攻坚工作推进会，副县长付冬出席会议并就巡视整改和迎国检工作提出要求。

2019年4月23日，县委书记杜庆勇主持召开十三届七十六次县委常委（扩大）会议。传达学习《赵一德、梁田庚同志在全省党政领导干部打赢脱贫攻坚战专题研讨班上的讲话》，并对唐县脱贫攻坚工作进行安排部署。

2019年4月25日，唐县召开扶贫开发和脱贫工作领导小组会议暨脱贫攻坚“擂台赛”部署会。杜庆勇、尤志敬、陈志强等县领导出席会议。

2019年4月25日，唐县组织收听收看河北省经济工作暨乡村振兴和脱贫攻坚推进会议。县领导杜庆勇、尤志敬、陈志强在唐县分会场参加会议。

2019年4月25日，县委书记杜庆勇主持召开十三届七十七次县委常委（扩大）会议。传达学习习近平总书记在重庆“两不愁三保障”突出问题座谈会上的讲话精神，研究讨论《唐县2019年脱贫攻坚工作思路和要点》《关于打赢脱贫攻坚战实现稳定脱贫可持续发展的意见》《唐县精准防贫工作实施方案》，并组织开展脱贫攻坚“擂台赛”。

2019年5月5日，河北省人民政府下发通知，批准唐县退出贫困县序列。

2019年5月6日，唐县组织收听收看全省脱贫攻坚成效考核整改工作电视电话会议。杜庆勇、陈志强等县领导在唐县分会场参加会议。会后，唐县就地召开会议，贯彻落实会议精神。

2019年5月15日，县委书记杜庆勇主持召开十三届七十八次县委常委会议。听取县委组织部关于2018年度驻村工作队、驻村干部考核和表彰情况汇报。

2019年5月20日，县委书记杜庆勇主持召开十三届七十九次县委常委（扩大）会议。召开了扶贫开发和脱贫工作领导小组会议暨脱贫攻坚“擂台赛”，军城镇、迷城乡、南店头乡、北店头乡分别就落实住房、教育、医疗“三保障”和提高群众认可度工作进行表态发言；通报了5月份贫困退出迎国检解剖情况；研究讨论了《关于落实赵一德同志在全省党政领导干部打赢脱贫攻坚战专题研讨班上讲话的分解任务清单》《关于2019年度财政涉农资金统筹整合使用实施方案》《关于2019年度第二批省级财政扶贫资金项目安排情况的报告》《2019年朝阳区扶贫协作和支援合作项目计划表（唐县）》《关于加强贫困退出后续帮扶和巩固提升工作的实施意见》。

2019年5月22日，北京市朝阳区党政代表团到唐县考察对口帮扶工作。市县领导孙其军、杜庆勇、尤志敬、贾爱民、刘芳陪同考察。

2019年5月23日—24日，省政府副秘书长梁义一行到唐县调研京冀扶贫协作工作。县领导尤志敬、刘芳、杨军华、郝云昌陪同调研。

2019年6月12日，省人大常委会党组书记、常务副主任范照兵一行到唐县调研脱贫攻坚工作。市县领导马誉峰、杜庆勇、尤志敬、陈志强、赵永帅、杨马银陪同调研。

2019年6月19日—20日，省第七督察组组长赵增华一行到唐县调研脱贫攻坚和项目建设工作。县领导杜庆勇、尤志敬、陈志强参加调研。

2019年6月23日，唐县组织收听收看全省2019年第一期县（市、区）委书记脱贫攻坚“擂台赛”。杜庆勇、尤志敬等县四大班子领导在唐县分会场参加会议。会议结束后唐县就地召开会议，县委书记杜庆勇要求各乡镇、县直各部门要把脱贫工作的各项任务落实到位，把“两不愁、三保障”政策落实到位。

2019年6月24日，唐县召开贫困退出调度会。县领导陈志强、张中杰、付冬出席会议。

2019年6月26日，县委书记杜庆勇主持召开十三届八十二次县委常委会议。研究讨论《关于表彰先进基层党组织、优秀共产党员、优秀党务工作者和通报表扬先进驻村工作队、优秀驻村干部的决定》。

2019年6月30日，县委书记杜庆勇到石门乡调研扶贫脱贫工作。县领导贾爱民、付冬、赵华陪同调研。

2019年7月19日，县委书记杜庆勇主持召开十三届八十三次县委常委（扩大）会议。召开扶贫开发和脱贫工作领导小组会议暨脱贫攻坚“擂台赛”，要求针对国检抽查发现的问题，开展一次全面“回头看”，坚决彻底解决脱贫攻坚中的突出问题。

2019年8月14日，县委书记杜庆勇主持召开十三届八十五次县委常委（扩大）会议。传达学习8月13日市委书记聂瑞平同志在扶贫开发和脱贫工作领导小组会议上的讲话精神和《保定市贯彻落实王东峰同志在阜平县调研检查明确协调解决事项任务分工》，并对唐县当前脱贫攻坚工作进行安排部署；传达学习《国务院扶贫办关于印发〈2019年脱贫攻坚监督巡查工作方案〉的通知》，传达学习全省科技扶贫现场会议主要精神；传达学习全省扶贫办主任会议主要精神，研究讨论《关于2019—2021年度脱贫攻坚项目库建设情况的报告》；开展脱贫攻坚“擂台赛”，发改局、卫健局、倒马关乡、南店头乡分别就项目资金报账作发言。

2019年8月26日，唐县组织收听收看全省脱贫防贫暨“千企帮千村”工作推进会。县领导杜庆勇、陈志强、何东、贾爱民、王燕、马志会、张中杰、杨军华、赵华、张国文、付冬、刘永奎、王志合在唐县分会场参加会议。会后，县委书记杜庆勇就落实会议精神讲了意见。

2019年8月29日，唐县赴北京市朝阳区就扶贫协作工作进行沟通对接和考察。县领导杜庆勇、贾爱民、刘芳、骆宝军、刘高远、苑龙炜参加。

2019年8月31日，县领导杜庆勇、贾爱民、付冬到川里镇王尔峪村、齐家佐乡岭尔北村调研指导空心村治理、脱贫攻坚、易地搬迁工作。

2019年10月11日，县委书记杜庆勇主持召开十三届八十九次县委常委（扩大）会议。听取关于精准防贫保险工作进展情况汇报，要求建立近贫预警、骤贫处置、脱贫保稳精准防贫机制，落实好部门动态监测和农户正向申请两条渠道，确保对各类致贫返贫因素做到早监测、早介入、早救助，从源头上筑起发生贫困的“截流闸”和“拦水坝”。

2019年10月12日，唐县召开扶贫开发和脱贫工作领导小组暨“擂台赛”会议。研究讨论《唐县2019年度扶贫对象动态管理工作实施方案》《关于进一步解决“两不愁、三保障”突出问题工作方案》。杜庆勇、尤志敬、陈志强、赵永帅、杨马银等县四大班子领导出席会议，县贫困退出工作领导小组组长、副组长和成员单位负责同志、各乡镇党委书记参加会议。

2019年10月14日，县委书记杜庆勇带队到阜平县经济开发区学习考察阜平硒鸽实业有限公司产业扶贫富民项目。县领导赵永帅及扶贫办、川里镇负责同志参加考察活动。

2019年10月18日，唐县组织收听收看全省2019年第二期县（市、区）委书记脱贫攻坚“擂台赛”会议暨东西部扶贫协作工作调度会。县领导尤志敬、王燕、马志会、金声久、赵华、何明建、刘永奎在唐县分会场参加会议。

2019年10月23—24日，中央党史和文献研究院领导到唐县就脱贫攻坚、党史和文献工作进行调研。省市有关领导，县领导杜庆勇、尤志敬、金声久、赵华、郝云昌参加调研。

2019年10月24日，唐县组织收听收看全国脱贫攻坚先进事迹巡回报告会。杜庆勇、陈志强、赵永帅在唐县分会场聆听报告。

2019年10月31日，唐县召开迎接省扶贫成效考核工作调度会。县委副书记陈志强、副县长付冬出席会议。

2019年11月1日，唐县召开脱贫成效巩固提升培训会议。县委副书记陈志强出席会议，20个乡镇的乡镇长和主管扶贫的副职、三保障部门的一把手、151个驻村工作队队长和194个非贫困村的支部书记参加会议。

2019年11月5日，县委书记杜庆勇主持召开十三届九十次县委常委（扩大）会议。研究讨论《2019年省扶贫成效考核工作迎检方案》《关于建立健全脱贫防贫长效机制的意见》《关于2019年贫困退出工作情况报告》；安排2019年国家脱贫攻坚督查反馈问题整改工作。

2019年11月5日，唐县组织收听收看2019年扶贫成效考核推进会。县领导杜庆勇、陈志强、付冬在唐县分会场参加会议。会后，县委副书记陈志强就落实会议精神，结合唐县脱贫工作讲了意见。

2019年11月8日，县委书记杜庆勇主持召开十三届九十一次县委常委（扩大）会议。听取2019年京唐扶贫协作和东西部扶贫协作成效评价准备工作汇报，并对下一步工作进行安排部署。

2019年11月8日，北京市朝阳区总工会到唐县开展扶贫调研对接工作。县领导杨马银、刘芳、郝云昌、刘文峰参加调研。

2019年11月11日，唐县召开扶贫开发和脱贫工作领导小组会议，就2019年脱贫攻坚成效考核工作进行安排部署。县领导陈志强、刘芳、付冬出席会议。

2019年11月18日，县委书记杜庆勇主持召开十三届九十三次县委常委（扩大）会议。传达学习《关于反馈2018年贫困县退出国家抽查第三方评估有关情况的通知》《关于贯彻落实国务院扶贫开发领导小组第八次会议精神的意见》《关于全国扶贫办主任座谈会精神贯彻落实意见》《2019年国家脱贫攻坚督察反馈问题整改工作方案》；研究讨论《唐县2018年贫困县退出国家抽查第三方评估反馈问题整改方案》，并对2019年国家脱贫攻坚督查反馈问题整改工作进展再安排；开展脱贫攻坚"擂台赛"，大洋乡、王京镇、仁厚镇分别就2018年贫困县退出国家抽查第三方评估反馈的具体问题作表态发言；对2019年省扶贫成效考核迎检工作进行安排部署。

2019年11月19日，唐县召开2019年脱贫攻坚成效考核工作汇报会。县领导陈志强、赵永帅、杨马银出席会议。

2019年12月2日，唐县组织收听收看保定市2019年河北省脱贫攻坚考核反馈问题整改工作推进会议。县委副书记陈志强、副县长付冬在唐县分会场参加会议。会后，县委副书记陈志强就落实好此次会议精神和迎接国家脱贫工作检查进行安排部署。

2019年12月5日，唐县组织收听收看2019年第三期全省县（市、区）委书记脱贫攻坚"擂台赛"。省会结束后，唐县就地召开了全县脱贫攻坚"擂台赛"。

2019年12月5日，县委书记杜庆勇主持召开十三届九十七次县委常委（扩大）会议。研究讨论《唐县2019年省脱贫攻坚成效考核反馈问题整改工作方案》《唐县迎接2019年国家脱贫攻坚成效考核工作方案》；开展脱贫攻坚"擂台赛"，石门乡、黄石口乡、北店头乡分别就公益岗落实、慢病证办理、扶贫项目进展工作以及2019年省考核反馈问题整改工作进行发言。

2019年12月12日，唐县组织收看保定市2019年河北省脱贫攻坚考核反馈问题整改工作调度会议。县委副书记陈志强、副县长付冬、县扶贫开发和脱贫工作领导小组相关成员单位负责同志在唐县分会场参加会议。

2019年12月12日，县委书记杜庆勇主持召开十三届九十八次县委常委（扩大）会议，听取省考核反馈问题整改工作情况汇报，研究讨论《唐县2019年度财政涉农资金统筹整合使用补充方案》，并对全县脱贫攻坚迎国考工作进行安排部署。

2019年12月12日，由河北省卫健委主办，保定市卫健委、唐县卫健局承办的

“健康扶贫　防病先行进基层”启动仪式暨大型义诊活动在唐尧公园文化广场举行。

2019年12月18日，唐县召开脱贫攻坚迎国考调度会议，传达学习省扶贫办关于迎国考政策培训主要精神及唐县工作安排。县领导陈志强、张中杰、付冬出席会议。

文献资料选录

唐办字〔2015〕14号　关于印发《唐县扶贫帮困“春雨行动”结对帮扶方案》的通知　2015年1月27日

唐字〔2016〕24号　《中共唐县县委关于选派机关优秀干部到贫困村任第一书记的实施意见》　2016年4月26日

唐字〔2016〕30号　《关于调整唐县扶贫开发领导小组成员的通知》2016年5月27日

唐字〔2016〕35号　关于印发《唐县“十三五”时期易地扶贫搬迁实施方案》和《唐县易地扶贫搬迁2016年实施计划》的通知　2016年6月11日

唐字〔2016〕44号　关于印发《唐县非重点村贫困人口建档立卡工作实施方案》的通知　2016年9月4日

唐办字〔2016〕5号　关于印发《县级领导分包乡镇安排》的通知　2016年1月28日

唐办字〔2016〕113号　《关于开展企村结对帮扶活动的意见》　2016年9月26日

唐办字〔2016〕124号　关于印发《唐县贯彻落实河北省〈加大脱贫攻坚力度支持革命老区开发建设责任分工方案〉的实施方案》的通知　2016年10月31日

唐扶〔2016〕3号　《关于确定2016年拟出列建档立卡贫困村的通知》

2016年4月15日

唐扶〔2016〕5号　关于印发《贯彻实施〈中共唐县县委、唐县人民政府坚决打赢脱贫攻坚战的实施方案〉重要政策措施分工方案》的通知　2016年5月10日

唐扶〔2016〕20号　关于印发《唐县易地扶贫搬迁人口后续扶持方案》的通知　2016年9月28日

唐扶〔2016〕21号　关于印发《唐县2016年贫困退出工作实施方案》的通知　2016年9月28日

唐扶〔2016〕29号　《唐县2016年贫困退出工作实施细则》　2016年11月9日

唐扶〔2016〕32号　《关于贫困户以信贷资金入股股份合作经济组织的意见（试行）》　2016年12月2日

唐字〔2017〕18号　《县委关于打好基层党建攻坚战促进精准脱贫的实施意见》　2017年5月4日

唐字〔2017〕60号　关于印发《唐县建档立卡贫困户资产收益全覆盖实施方案》的通知　2017年12月15日

唐办字〔2017〕22号　两办关于调整精准扶贫“百企帮百村”活动安排的通知　2017年3月30日

唐办字〔2017〕30号　县委办关于八大攻坚战实行牵头负责制的通知　2017年4月14日

唐办字〔2017〕76号　唐县2017年加强建档立卡贫困户等重点对象农村危房改造工作实施方案　2017年8月10日

唐办字〔2017〕116号　深化农村低保精准认定精准核查机制改革实施方案　2017年11月30日

〔2017〕34号　关于印发《唐县“十三五”易地扶贫搬迁实施办法》的通知　2017年5月11日

〔2017〕54号　关于印发《加强农村电力设施建设助力脱贫攻坚实施方案》的通知　2017年6月28日

唐扶〔2017〕3号　唐县精准扶贫产业项目扶持政策（试行）　2017年3月14日

唐扶〔2017〕4号　唐县保险业助推脱贫攻坚实施方案　2017年3月21日

唐扶〔2017〕6号　2017年扶贫开发工作实施方案　2017年3月29日

唐扶〔2017〕23号　农村贫困人口建档立卡“回头看”实施方案　2017年8月24日

唐扶〔2017〕54号　易地扶贫搬迁工作实施方案　2017年12月25日

唐扶〔2017〕55号　关于建立健全脱贫后续帮扶和巩固提升机制的意见　2017年12月30日

唐扶〔2017〕56号　土地政策助力脱贫攻坚行动实施方案　2017年12月30日

唐教〔2017〕43号　唐县教育局关于建档立卡贫困学生资助的实施意见　2017年7月24日

卫计局〔2017〕99号　农村贫困患者县域内住院先诊疗后付费工作方案通知　2017年7月10日

卫计局〔2017〕164号　唐县健康扶贫三个一批行动计划实施方案　2017年12月21日

唐发〔2018〕4号　县委、县政府关于印发《唐县2018年脱贫攻坚工作思路和要点》的通知　2018年2月23日

唐发〔2018〕17号　县委、县政府印发《关于打赢脱贫攻坚战三年行动计划（2018—2020年）的通知　2018年8月9日

唐字〔2018〕8号　县委、县政府关于印发《唐县坚决打赢2018年脱贫摘帽攻坚战实施方案》的通知　2018年2月23日

唐字〔2018〕14号　县委关于县直部门包联乡镇促脱贫攻坚的通知　2018

年4月26日

唐字〔2018〕37号　县委关于组建驻村帮扶工作临时党委的通知　2018年7月1日

唐办字〔2018〕40号　县委办关于印发《省人大常委会党组书记、常务副主任范照兵同志重要批示精神及唐县贯彻落实意见》的通知　2018年4月20日

唐办字〔2018〕44号　县两办关于进一步加强农村低保和特困供养保障力度与贫困人口衔接工作的通知　2018年5月12日

唐办字〔2018〕61号　县两办关于推进社会帮扶、深化百企帮百村活动实施方案的通知　2018年6月28日

唐办字〔2018〕98号　县两办关于成立唐县驻村工作领导小组的通知　2018年9月21日

唐政办〔2018〕65号　关于印发《唐县贫困人口医疗服务代办制度工作方案（试行）的通知》的通知　2018年5月20日

唐政办〔2018〕157号　关于印发《唐县2018年度精准医疗健康扶贫项目——贫困人口健康体检的实施方案》的通知　2018年9月29日

唐政办〔2018〕207号　关于印发《唐县关于迎接国家脱贫考核强化农村生活垃圾清理实施方案》的通知　2018年12月25日

〔2018〕102号　关于进一步完善扶贫小额信贷机制助推脱贫攻坚实施方案和关于加快推进县乡村金融服务网络建设的意见的通知　2018年8月8日

〔2018〕129号　关于印发《唐县电商扶贫工作方案》的通知　2018年9月19日

唐扶〔2018〕6号　关于深入学习贯彻王东峰书记重要批示精神坚决打好易地扶贫搬迁硬仗的通知　2018年2月6日

唐扶〔2018〕20号　唐县脱贫攻坚项目库建设实施细则　2018年6月28日

唐扶办〔2018〕8号　关于易地扶贫搬迁贫困人口后续扶持的工作方案　2018年2月8日

唐扶贫脱贫〔2018〕2号　建立健全脱贫巩固提升机制的意见　2018年5月7日

唐扶贫脱贫〔2018〕5号　唐县贫困人口建档立卡和动态管理服务工作实施方案　2018年5月19日

唐扶贫脱贫〔2018〕8号　唐县2018—2020三年脱贫攻坚行动计划　2018年5月23日

唐扶贫脱贫〔2018〕11号　唐县脱贫攻坚巩固提升专项行动实施方案　2018年6月10日

唐扶贫脱贫〔2018〕37号　孝心养老扶贫实施意见　2018年10月7日

唐扶贫脱贫〔2018〕38号　精准防贫工作实施意见　2018年10月7日

唐扶贫脱贫〔2018〕39号　提升产业扶贫质量水平三年行动实施意见　2018年10月30日

唐县人社局与北京市朝阳区劳务对接扶贫协作（2018—2020）三年方案

唐人社〔2018〕7号　关于易地扶贫搬迁人员技能培训工作实施方案　2018年2月6日

唐人社〔2018〕47号　2018年农村贫困劳动力就业扶贫实施方案　2018年5月8日

唐教〔2018〕8号　唐县教育局关于印发《唐县易地扶贫搬迁集中安置教育后续扶持实施方案》通知　2018年2月7日

卫计局〔2018〕41号　关于成立健康扶贫工作领导小组的通知　2018年4月17日

卫计局〔2018〕65号　贫困人口医疗代办制度工作方案　2018年5月10日

唐办字〔2019〕55号　关于进一步提高社会救助兜底保障水平的实施方案（试行）　2019年4月30日

唐扶贫脱贫〔2019〕5号　2019年脱贫攻坚工作思路和要点　2019年2月1日

唐扶贫脱贫〔2019〕13号 打赢脱贫攻坚战实现稳定脱贫可持续发展的意见 2019年4月26日

唐扶贫脱贫〔2019〕14号 精准防贫工作实施方案 2019年4月30日

唐扶贫脱贫〔2019〕17号 成立解决“两不愁三保障”突出问题工作专班的通知 2019年5月13日

唐扶贫脱贫〔2019〕24号 加强贫困退出后续帮扶和巩固提升工作的实施意见 2019年6月6日

卫健局〔2019〕51号 关于开展健康立卡贫困人口患者免费远程会诊的通知 2019年5月27日

唐政建〔2019〕26号 农村住房安全后续帮扶和巩固提升实施方案 2019年6月8日

后　记

《奋进的五年——唐县脱贫攻坚纪实》一书是由中共唐县县委办公室、唐县人民政府扶贫办公室组织编写的。全书对2015年至2019年唐县脱贫攻坚工作的主要措施和取得的成效进行了汇集和梳理。本书从2019年6月开始立项，2020年1月完成初稿，后经反复修订，于2020年2月完成征求意见稿。又在征求了县委、县政府主要领导和分管领导以及有关方面的意见后，于2021年3月定稿。

本书立项得到了中共中央党史和文献研究院的鼎力支持，得到中央党史和文献研究宣传专项引导资金项目的资助，在编写过程中得到各方面的大力协助。有关县领导和县直相关部门领导对内容和编写方法提出了诸多宝贵的意见。河北大学出版社杨显硕、郝健同志在百忙之中审阅了全书，并提出了很好的修改意见。在此一并致以衷心的谢意！

编　者